女生過早的成熟，
沒有男孩承受得住。

可他們，都忘了告訴女孩……

長大後，男生後來居上的改變，

也同樣地，沒有幾個女孩承受得住。

願你的深情，
能被溫柔以待

樂擎 ——— 著

CHAPTER *1* —————— 青春物語

CHAPTER *2*　　　**關於愛的可能**

CHAPTER

1

青春
物語

「請問妳是？」

「茜，新娘的高中同學。」

「歡迎歡迎，簽這裡就好了，裡面請！」

宴會廳內人聲鼎沸、觥籌交錯，一眼望過去粗估，應至少席開了四十桌，可裡頭，我一個人都不認識。

除新娘外，我誰也不認識。

「嗨，我可以坐妳旁邊，一起吃飯嗎？」

我有點訝異地抬起頭，這一年高二，分組後班上我一個熟的同學都沒有，內心慌張得不知所措，早知道不選自然組了，被家人念讀女校選三類幹嘛就算了，以前的朋友也都在社會組，不是才剛分組嗎？她們怎麼都好像認識了？怎麼辦？怎麼辦？這種糾結已經進行了一整個上午，雖然強裝鎮定，但實際上真的好想要哭。

從小，我就是那種有社交妄想恐懼症的女孩。公車上同學略過我身旁的空位，逕自坐到後面去，我就會想她是不是討厭我？為什麼不想跟我一起坐？路上碰到沒很熟的人，瞬間想法是：拜託妳看不到我，妳看不到我，不要跟我揮手啊！拜託！在廁所推開門前，會先偷聽外面的聲響，有人在的時候就不想走出去，總覺得被看到上廁所莫名尷尬；問老師問題，即使他在說什麼我仍完全不懂，可不想尷尬下去，假裝點點頭就算了。最討厭在餐廳和陌生人併桌吃飯，眼睛擺哪好像都不是，只得拚命趕緊把飯吃完走人；很害怕被誇獎，總覺得自己沒有這麼好，配不上這些誇獎。尤其是唱生日快樂歌時，永遠跟白癡一樣傻

笑，只想找個地洞鑽，完全不知道該如何表現。

「可以。」我平淡地回，然而，內心早開心到爆炸，終於有人願意來跟我說話了，嗚嗚嗚。她的名字叫做婕，個性外向不外向很難說，因為對外人其實挺安靜的，可一在熟人面前，便會跟變個人似的，嘰哩呱啦講個沒完。

但我肯定她很善良，非常善良。

「明天一起去讀書嗎？」婕問。

「對不起，以後我可能都不能去了。」

升高三那年暑假，我爸爸在一場風災的搶救復電工程之中，受了重傷，變成需要長期照顧。家裡經濟頓失支柱，還多了額外的醫療費用支出，存款很快就耗盡，在迫不得已之下，平時上課，每週末我都得去打工貼補家用。

這件事，我只有讓婕知道。

「總務，可以問一下我欠繳多少錢嗎？對不起拖了這麼久……」

邊說心跳邊不斷加速，很害怕如果她說出的數字，連我所有錢都不夠，我該怎麼辦。

「妳不是早就交了，妳在說什麼？」總務一臉疑惑地看著我。

「我早就交了？」

「對呀，紀錄有打勾，妳是有哪本書要多訂嗎？」

「沒有。」

「我是什麼時候交的呀？」

「我也忘了欸，不過我記得是婕一起拿給我的。」

「妳幫我交了多少？。」在廁所，我紅著眼問婕。

「幾百塊而已啦！」

「騙人，書都不只這些錢，加上考卷一定不只。」

「唉呦，那不重要。」

「重要，我覺得很重要。」

「就真的沒多少咩！」

「妳怎麼可以這樣……」說著，我就哭了，哭得我自己都覺得莫名其妙。

「唉呦唉呦唉呦，幹嘛哭呀，我真的不記得多少啦！」

「妳騙人！」

「多少，跟我說，我要還妳。」

我用手臂擦了擦眼淚，勉強壓抑住哽咽，拿出口袋的錢要遞給她。

然後她就哭了。

「妳是不是不把我當朋友？」

？？？這下換我愣住了。

「妳以為只有妳會哭喔，會哭了不起喔？」

「奇怪，我也會心疼妳呀，妳去打工這麼辛苦，平時還要上課。」

「我拿的是自己的零用錢，我做錯什麼？我錢愛怎麼花妳管我，妳兇什麼兇呀！」她邊哭邊揉眼睛。

「我沒有兇啦……」我手足無措地趕緊搖頭。

「真的？」

「真的。」

「那我要抱抱！」

她突然露出狡點的笑容，我才知道被騙了。

「好嘛！」抱著時，她在耳邊輕聲對我說：「對不起，沒經過妳同意。」

「可妳是我最重要的朋友，妳不覺得妳把重擔都自己背，對我很不公平嗎？」

「眼睜睜看妳這麼辛苦，還得藏著不跟任何人說，我也很煎熬耶！」

「以後會讓妳還，但現在，讓我先幫妳嘛，好不好？」

「好。」

那天我用力抱著她哭了好久好久，哭到她的頭髮都是我的眼淚跟鼻涕。

「真的超噁的，我有點後悔。」後來回憶時，她笑著跟我說。

可我們還是失散了，沒什麼特殊原因，就是上大學後各自有了圈子和目標，我也曾想過無數次要約她，可看著她在 FB 上跟朋友幸福洋溢的模樣，總覺得，她不需要我了，也忘了確切從何時開始。有天，便再沒聯絡，直到前陣子，家裡跟我說收到她的喜帖為止。

看完了典禮，遠處的她正一桌一桌的道謝。我心想夠了，便傳訊請我先生來門口接我。

「禮物！」

我才剛動念想起身，她就突然跑到我身旁坐下，拿了一袋東西給我。

「不用啦，太客氣了！」我趕緊揮手。

「欸，參加婚禮有不拿禮物的嗎？妳要讓我衰喔？拿啦！」

「這些年，過得好嗎？」語氣一轉，她跟我聊起了當年。

她說：她也很想我，可知道我在警大念書管很嚴，她怕打擾。

她說：我結婚時只公證沒找她，讓她偷偷難過了很久，怎麼可以這樣？

她說：知道現在的我過得幸福，當警察很辛苦吧？要加油。

在我正開車門時，她給了我個大大的擁抱，還叮囑禮物是特別版的，回家才能看。可我才上車就忍不住好奇心，在後座便拆了，裡頭放著我後來大學還她的錢，和剛剛才包的禮金。這麼多年，她連信封袋都沒拆。

卡片上僅簡短寫著：人來了，就好。

即使把你徹底看透了，也仍喜歡你。

這是我看過那些能超越時間的友情，所共同擁有的模樣。

當媽媽再婚

「妳在跟我開玩笑嗎？」我瞪大了眼，不可思議地看著她。

「隨便妳，但妳別想我會祝福！」

語畢，我故意把碗筷重重放下，徑直走回房間，再用盡全力將門甩上。

時間回到小三那一年，夜已深，隔天還要上課，我早早就爬上床熟睡。

「姊姊，姊姊，姊姊醒醒！」媽媽搖醒了我。

「我再多睡五分鐘，五分鐘就好……」我翻個身，又要回到夢鄉。

「姊姊醒醒，不能睡了！」媽媽略帶哭腔地說。

「怎麼了？」聽出語氣不對，我睡眼惺忪的揉揉眼，坐起來看著她。

「妳牽好妹妹，趕快下樓！」

雖然完全不知道發生什麼事，可看媽媽如此神色緊張，知道肯定出事了。

家門口停著一輛車，駕駛座上的是幽默哥哥，我知道，因為他來我們家坐過好多次，是很和善、常會用把戲逗我笑的哥哥。可那天上車後，卻反常地沒有平時的搞笑，沒有鬼臉、沒有魔術。

事實上，一句對話都沒有，路途中鴉雀無聲，一直開到了醫院門口。

候診廳裡，有好多爸爸在警局的朋友，全穿著制服，爺爺奶奶也到了，他們一個個神色凝重，現場分明十幾個人，卻竟無一人發出半點聲響。直至接近破曉時分，晨曦已悄悄從窗外灑落，並一步步緩緩爬向椅子時，醫生才走出來，搖了搖頭。

頓時，奶奶就哭了，她的嚎啕聲率先劃開了本來清晨的寂靜，爺爺緊緊抱住奶奶，不斷拍著她的背。載我們來的幽默哥哥，將頭埋進靠牆的手臂裡，另

隻手握成拳，用力地向牆壁一次次捶去，捶到我能看到他的拳頭上有血。

　　諷刺的是，我仍舊沒有半點線索發生什麼事。

　　好像全世界都把我跟妹妹遺忘了，他們大人各個都像是外星人般，說著我聽不懂的話，沒有一個人打算跟我好好解釋清楚。

　　「媽媽？」我有點害怕的看著她。

　　「爸爸走了。」媽媽低啜著說。

　　「走了？走去哪了？」

　　媽媽沒回答我，只緊緊將我和妹妹擁入懷裡，用力抱著，哭了很久很久。一直到我在電視新聞上，看到爸爸的照片和姓氏，我才終於弄懂「走了」，是什麼意思。

　　他不會回來了。

　　永遠。

　　時間轉到高三。

　　餐桌前，媽媽問我跟妹妹，能不能接受有另一個爸爸。在我憤恨地甩上門後，我一個人呆坐在書桌前，發愣了很久，她怎麼可以這樣？她要怎麼對爺爺奶奶交代？爺爺奶奶聽到會怎麼說啊。我好恨，真的好恨。每次看到電視上某個藝人聲稱不吸毒了，絕不犯了，希望能給改過自新的機會。我都好想問吶，如果你們可以重來，那我爸爸呢？

　　能不能也重新還給我一個？

　　一個就好，我不貪心、不求多，還我一個爸爸，一個圓滿的家就好，我求求你，好不好？

好不好？

越想越難過，最後趴在書桌上，又哭了一場，一路哭到睡著。媽媽後來沒再嫁，可各種跡象看起來，他們已在交往，只是沒明說，也還沒回過我家。我跟媽媽的關係從此變得冰冷冷的，就像不得已，共同生活在一處的室友，如此而已。

「你們知道這件事？」

「知道，是我們勸妳媽的。」

兩年後的過年，我才從爺爺奶奶口中得知，這件事他們一直知情。

他們說：爸臨終前最後，有囑咐希望媽媽能替我們再找一個爸爸。

他們說：媽媽本來也是打算獨自扶養我們一輩子，直到那年工作上有遇到不錯的男生才考慮的，也有第一時間跟他們討論。

他們說：媽知道我反對後，消沉了很久，跟對方除了見面外，並沒有任何實質進展。

他們說：媽媽對他們而言就像自己的親女兒一樣，就他們的立場也希望女兒幸福，這次是背著媽媽，想跟我說情一下。

「媽，我能跟妳談談嗎？」跟爺爺奶奶說完話，下樓後，我對正在廚房備料的媽媽說。

倏忽，廚房裡本不斷傳來咚咚的聲音便停止了，媽媽好似有些訝異地抬起頭，看著我。也是，我很久沒有主動找她說過話了。

「好。」她放下了刀具。

結婚典禮，是爺爺代外公挽著媽媽手走的，我和妹妹也充當成伴娘之一，忙裡忙外。

「可以準備請新娘出來囉！」有人對我說。

「喔，好！」

在我打開門要喊我媽前，我發現她呆坐在化妝鏡前，正在發愣。對著無名指上，淺淺一環的戒指印發愣，長期戴著結婚戒指，所留下來的指印。

媽媽沒有說一句話，可從側面，我可以看到她在哭，眼淚就像泉水一般，不斷從她的兩頰滑落到地上，一點聲音都沒有。

我悄悄將門關上。

「對不起，新娘可能還需要多一點時間。」

那天晚上，我夢到了爸爸。夢到了爸爸開著車，載著我們去木柵動物園玩，夢到了爸爸爽朗的大笑，說數學爛得有繼承到他，果然是他女兒沒錯；夢到了爸爸把我拋得好高好高，我興奮的尖叫，大喊著還要還要；夢到了在妹妹出生前，我曾跟他抱怨，他好忙，都沒空陪我玩。

「我是要努力工作，才能給妳和媽媽全世界。」他拍拍胸脯說。

「真的喔？」

「真的。」

「那我想吃快樂兒童餐。」

「不行！」

大肚子的媽媽就在一旁，笑得東倒西歪。

然後，十六年就過去了。

然後，我也只能在夢裡碰到你了。

欸，爸，看到媽幸福，你也該放心了對嗎？

不用擔心啦，這男生不錯，他等媽等了這麼久，跟你一樣摩羯男，很專情的。現代喔，找不到幾個這種的了，我跟妹妹也會持續盯緊的。

不過啊。

能不能，偶爾，偶爾就好。

再來夢裡，看看我呢？

我還有點想你，一點點想。

兒時，我們總把父母當作理所當然的存在，他們從我們出生就在那，
卻從未真正想過，所謂父女、母子，意味的其實是你和他隨著歲月流逝，注定
要漸行漸遠。
你站在時光的此岸，望著他悄悄消失在海平線的彼岸。
現實成了道洪流橫在你們中間，誰也跨不去，於是只能揮著手告別。
太年輕時的我們總會忘了，父母啊，是會走的。

初戀舞台

　　我跟他高一同班，高二分組後變成隔壁班，其實早就有曖昧，但純純時代嘛，又毫無經驗，誰也沒敢主動，都一年多了，做過最越界的事也只有一起讀書時曾偷看彼此被發現，又很有默契地一起趕緊撇開頭。最後兩個人都覺得這樣實在太白癡了，趴在桌上相視而笑而已。

　　高二上時，學校舉辦全校優良學生選舉，反正就各班要推出一個，全年級來競選。大家都卯足全力各種拉票啊，跳舞的、演戲的、笑話的、魔術的，還有各類傳單、小漫畫，弄得活像選什麼偉大職位一樣，而我跟他也都分別被選為班上代表，要一起參選。

　　「如何，你準備了什麼呀？」

　　一起讀書時我故意靠過去問，想來刺探刺探一下軍情。

　　「秘密。」

　　他卻只輕輕笑一笑，不肯說。

　　「齁，我都跟你講了欸，不公平啦！」

　　「拜託，我看至少有五班也都是跳舞，妳那哪算什麼秘密！」

　　「略略略，反正不公平啦，我不要理你了，心機鬼！」

　　我只當他是胸有成竹，畢竟他演辯社的，據說還拿過某個很厲害比賽的最佳辯士，對他而言上台根本不是個事吧？

　　反倒是他看我對於要上台講話超級緊張，索性親自替我修稿，有大半還重新擬過。朝會上台當天，雖然緊張了些，不過我還是如預期的有平穩表現完，上台是按照班級順序來，所以我下台，也正是他上台。奇怪的是，他似乎顯得非常緊張，不斷在自己對自己排練，手還一直微微在抖。

「加油！」於是擦肩而過時，我用氣音小聲說。

他聽到後愣了一愣，輕點了點頭，看起來又恢復了正常，不緊張了。

「各位老師、同學大家好！」

「剛剛上台那位……是我喜歡的女生。」

他這句話音剛落，台下就開始起鬨了。

「可以的話，請借我一分鐘幫她補充一下，為什麼該投給她。」

他在台下一片「喔」的鼓譟聲音中，奮力用接近喊叫的聲音說了快一分鐘的話。

「最後，她是我喜歡的女生。」

「而認識我的人就知道，我的眼光不會差！」

「以上就是為什麼你該把票投給她的理由，我的分享到此為止，謝謝大家！」

在台底下歡聲雷動中，他沒敢看我，直接就走回班上了。

「對不起！」那天放學後，他傳簡訊給我。

「我覺得我今天做的是魯莽、莽撞，又很可能讓妳難堪。」

「只是，如果不這樣逼自己，我怕自己永遠對妳說不出口了！」

「那你是真的喜歡我嗎？」

我想了想後回傳。

「嗯。」

「那當我的面，重新好好告白。」

「好。」

那一年，二〇〇八，我拿的手機是 SE K810i。

十年了，我仍然留著。

為了要能看到那幾封簡訊，我仍然留著。即使，他其實已經不在我身邊，最近成為了別人的先生。嫁給他的女生，我偷偷打聽過，是個很善解人意、可愛又溫柔婉約的女孩，聽到的都是誇獎呢。

嗯，或許這樣才好。

分手這麼久了，我也該有我自己的人生、自己的路要繼續走，也是該停止在關注一個只能活在過去的人了。

終究，我們的生活煩惱的都不再只是幾場考試、幾次上台、幾張紙條，也不再有辦法為那一點點的回應，就開心雀躍上一整天。十幾歲那年的我們，總是企盼著長大，企盼著有天能夠不一樣，卻似乎從沒有想過，那個不一樣，是不是我們要的。

是不是，我們能夠選擇的。

都結婚了，他以後未來的日子，就交給妳啦。

請，善待我的青春。

青春年少時，我們總把愛情錯當成了天，糊塗成了地，彷若比生命還重要。

可後來，我們誰也沒有死，愛情卻替我們償了命。

它成了密碼，成了歌曲，成了習慣，成了這輩子，再不會想去的一座城市。

因為一個人，自此怕了一座城。

在最虛榮的年紀，卻一無所有

爸爸在金融海嘯時被放長期無薪假，可卻藏著沒說，每天仍照常假裝去上班，直到薪水始終沒進來，實在已經到沒謊可圓時，才被媽媽戳破。

「對不起，家裡真的沒錢了！」

「女兒，妳不知道，我都不敢接妳電話！」

「對不起，真的沒有生活費能給妳了！」

電話那頭，媽媽哽咽地說。

我咬咬牙，掛上電話，先壓抑住亂成一片的思緒，開始不斷想要怎麼辦。借錢？可能借多久？之後怎麼還？打工？是要趕緊去找，但緩不濟急啊，現在吃飯怎麼辦？我沒有對任何人說，發生這種事，真的不知道該怎麼說，自尊也不允許。只得先小額跟朋友到處借，勉強湊出幾千塊，可以過一段時日，每天下課後都跑出去應徵，找期中還能工讀的工作。

但不管再怎麼省，吃飯總是要吃。我們學校最便宜的就是菜飯，只要四十塊，料是不多，可勉強還能吃粗飽。於是接下來幾個月，我都過著一天只吃一餐菜飯，配上無限量免費湯，勉強過活的日子。一段時日後，我漸漸發覺奇怪，同樣都是菜飯，可是一天好像比一天更豐盛些。從多了炒蛋開始，到會多了豆干，多了滷肉，多了瓜仔，每天總都會多些什麼。由於餐廳沒什麼人會點菜飯，我一直天真地以為菜飯就是這樣。直到我看到在節食的女同學，也點了同樣的菜飯，我才發現是餐廳阿姨給我的比較特別，她只有對我這樣。

有一天，我打工晚了，下班時已經七點多快要八點，在我氣喘吁吁趕到學餐時，店早就都收了。

我站在幾乎已經空空如也的學生餐廳前，本來的大燈都熄了，灰暗一片，

只剩偶爾幾位同學穿行而過。我低下頭，摸摸肚子，正心想好吧，去吃超商果腹好了。

「怎麼現在才來？」

突然，阿姨從我身後出現，把我整個人嚇得縮了一下。

「等妳很久了，餓了吧，快吃！」

阿姨伸手遞給我一份放在塑膠袋裡，已經用橡皮筋打包好的便當，就連餐具都放好了。

我怔怔地，眼淚就掉了下來。

「哎呀，就些剩菜剩飯，什麼好哭的，快吃快吃！」

可裡頭明明有菜有肉，滿滿都是好料。

那天在餐廳，我邊吃，阿姨邊陪我聊了很久，她原本以為我也只是想減肥，後來發現我天天吃，才猜想是經濟困難，所以每天都偷偷給我加菜。

「要不要來阿姨這打工？」

知道我的情況後，她問。

「薪水可能比不上家教啦，不過包吃喔！」

「嗯。」

我已經哭到，只發得出這個音。畢業後許久，我曾回去找過阿姨，但已經找不到了，好像因換包商的關係，學餐店家都換過。我到處去打聽詢問，知道阿姨遷址到別處，就特別去找她，想要拿一點錢當還願，卻被阿姨直接拒收了。

「去拿給真正需要幫助的人，就當幫阿姨捐好嗎？」

「比起這個，來來來，坐下，很久沒吃阿姨的菜了吧？我炒給妳吃。」

這麼多年了，基於補償心理，我吃遍了各式美食。

可，仍舊沒有吃過更好吃的飯。

關於生活困難的故事分享，我還聽過許多。曾有高中男生求助，他幫班上同學訂飲料，為了省時間，沒收齊就自己先墊。飲料來了，大家喝了，可錢一直收不回來。他是沒有零用錢的學生，每一塊墊的錢都是從餐費偷偷省下來的，迫於無奈，他只得多次和幾個同學催討，好不容易一週過去，同學還了，卻私底下議論他小氣，幾十塊錢也要這麼計較，好像怕人家不還一樣。

另有一位大學女孩，新生，她打工了整個暑假存錢，就想要能自食其力，學費可以先辦學貸，但生活費想用自己的打工錢來出。沒想到低估了大學花費，生活日用品、餐費、基本治裝等遠超過一開始的想像，她只得去跟學長姊道歉，原本答應想去的宿營沒有辦法去了。學長姊說沒關係，可卻聽到在背後遭議論只是找藉口，一點都看不出沒錢的樣子。

或許故事各有不同，但類似情節真的屢見不鮮。當然相對於還會議論，我相信更多人是無心，忘記要付錢了、忘記有這回事了、每次想還時都剛好沒帶等。實際上，也是打從心底不覺得這一點錢有什麼，不會認真當回事看待，反正就下次有遇到時再順便還啊。沒有批判的意思，因為我也是如此，可能大多數的我們多多少少都曾是如此。可後來接觸的人廣了，聽的故事多了，這樣的觀念也崩塌了。

有位在超商大夜班工作的同學，她在大夜班之前剛好碰到學校期末考，已經累癱。一時恍惚，刷錯了客人要取貨的東西，因為外面有包裝，客人當下也

沒發覺就付錢取走了。事後才拿著發票跑回店裡，說怎麼不對，結果店長大罵要她自己賠錢。那一賠，她整個晚上就白做了、那一賠，這個月的房租立刻要面臨交不出來。

「對不起，是我弄錯了，我會負責的。」

強逼自己用力抿緊了唇，鞠躬道歉。可一想到不知道明天房租怎麼辦，一想到整晚都白白熬了，一想到是不是要回家開口要錢，那瞬間，眼淚就往下滑落。客人見狀嚇到了，反過來安慰她沒事，沒這麼嚴重，沒關係的，他只是想知道情況而已。幸好最後順利找到本來要拿貨的小姐來取。

有位男同學說，他有次早晨起床，遇到在宿舍掃廁所的阿姨在哭。不是那種大哭，就是無聲地哭，邊哭手還沒有停下動作。問阿姨怎麼了，她才說有同學投訴她掃不乾淨，剛剛被公司罵過，並警告之後要扣錢。可知道嗎？她一天的薪水只有數百元，要掃好幾棟樓，至少四十多間廁所，還要趕在同學使用尖峰時段前掃完。平均一間，她僅僅有幾分鐘的時間能掃。有時遇到沒公德心的，糞便直接濺在外面、洗手台塞滿廚餘、掃具被同學借用走沒還，她不只都是得直接用手下去清，後面所有行程也都會延遲。但以上這些全部委屈，都不是那位阿姨說的，而是宿舍管理員私下跟學生講的，希望能多體諒一下。那天那位阿姨，最後只紅著眼說了：「能不能幫我跟那位同學道歉，給阿姨一次機會，阿姨下次會努力做好的。」

曾有次去社區幫忙課輔時，碰到一個國小男孩，來了卻不斷在哭，哭到一直用手臂拭去眼淚。問他怎麼了，他說錢掉了，那是他努力了整學期才拿到的

三百塊進步獎獎學金，他就放在口袋，不知道怎麼的掉了，怎麼找都找不到。於是我們一群人出去陪他找了好一陣子，真找不到，本來想直接拿三百塊給他，他卻搖搖頭，用哽咽的聲音說：「不行，不一樣。」

那是他憑自己努力好久，想給媽媽當禮物，能讓媽媽多買一點菜的，不一樣。

又有次出捷運，一旁有賣餅乾的老先生，一包七十。他完全沒有推銷，就擺個牌子，在角落的位置默默坐著。那天從外地回來，已經很晚了，剛好肚子也餓，就去向他買一包充飢，老先生發現我跟他買，不停說著：「謝謝，謝謝妳。」他真的不知道，剩下這麼多，馬上要過期了，他能怎麼辦。

還有次去學生餐廳吃得晚了，去的時候已經沒剩幾間開，人也空得差不多，就在我也吃完，準備要把吃剩的餐盤端到回收區時，突然發現打掃阿姨在吃同學剩下來的鍋貼，阿姨是直接用手拿的吃下去。鍋貼旁，還有著同學胡亂放的衛生紙團。阿姨抬頭發現我後，尷尬地笑了一下，趕緊把盤子放下，假裝若無其事的替同學繼續收。那一幕，讓我後來反覆思考了好久，我到底該怎麼做才好，可怎麼也想不出個答案。

我想說的是，我們有太多人都太習慣活在同溫層裡面了，可你不知道的是，在這同溫層裡，有許多的人，他們只是拚盡全力去演得跟你同溫。他們不想被當異類，特別害怕被嫌棄，因為沒有錢而被區別看待。他們不想被同情可憐，只好不斷一次次自我解嘲，吃這麼少是減肥、穿這樣子是方便。他們不想欠下任何人情，有借必還，不管多小的都還，自尊心極強。他們在感情中經常自卑，覺得配不上對方，覺得買不了好東西送，覺得無法常去要花費的約會很抱歉。是啊，這幾十塊、幾百塊真的不算什麼。不就一杯飲料，不就是幾餐，不就是

場電影。可當你的生活是重擔，當明天的生計要憂愁時，這點錢就是那一線生機，是讓他們至少能活得像其他所有人一樣的本錢。學校開學了，接下來一定會有各種收費，班費、書費等等。

拜託，容我懇請幫個忙，不要欠、不要拖。你不會知道，每一次開口跟大家要錢，心裡會有多掙扎痛苦，要熬過多少折磨；你不會知道，你眼中無所謂的幾塊錢，能讓靠自己辛辛苦苦攢錢的人多活多久。這不是計較，也不是同情，而是你本該盡的義務，做人最基本，卻常被忽視的道理。

手機電量尚有 8、90% 時，你用的當然半點不會心疼，想做什麼做什麼，可當只剩 10%，又知道無法立刻充電時呢？是不是連把亮度調高都會有些擔心？手機電量尚且如此，又何況是對那些生活辛苦的人呢？

改變我一生的胖女孩

　　高中，我們班上有一個胖女孩。可能過去沒處理好，臉頰上留有一些密密麻麻、深淺不同的紅痘印。家境猜測也有困難，制服是穿二手舊版的，平時午餐看她都是吃飯糰、麵包之類，吃得非常簡單。個性很文靜，開學相處幾週下來都與世無爭，就固定一兩個坐附近比較好的朋友，偏偏在我們學校，高二全都要參加啦啦隊比賽。我們班很熱衷這件事，覺得非贏不可，除平時下課偷練外，放學也會留下來加緊練習。

　　「我放學後還有事，不能參加，對不起。」她總是這樣道歉。

　　一開始還好，但多幾次她都不能參加後，漸漸開始有人說起話來，尤其她不太會跳，常在練習時落拍，更激起當時負責這個項目，也是班上人緣最好的女生反感。

　　「為什麼就妳不能來啊？」

　　「我是真的還有事，非常對不起！」她一臉愧疚。

　　「就妳有事其他人都沒事嗎？大家也是犧牲去補習、社團留下來的呀，憑什麼就妳每次都不來練？」

　　「妳跳很好那也就算了，啊妳又跳這麼爛，每次都妳出問題，妳到底是不是這個班上的一分子？」

　　「對不起，對不起，真的很對不起……」

　　「哎呀，算了啦，隨便妳，不想來我們班就說啊，有本事回去妳的實驗班嘛！」

　　她高一時念的是實驗班，不知為何高二才到我們普通班來。

　　「我沒有這樣想……」她頭已經低到不能再低。

　　然而，帶頭的女生並沒有放過她，開始用這件事大做文章。說她過去在實驗班人緣就很差，功課又不好，才會轉來我們普通班；說她根本骨子裡就瞧不起我們普通班學生，一心想著要回去，才會對班上活動都無心。

　　接著開始各種排擠，前後交換考卷時，故意把她考卷改得極為嚴格，字寫稍微不清楚都算錯；打掃時，把她一個人分到最麻煩的掃區，誰都不陪她去，就她一個人去清理廁所；取了像是棉花糖女、紅豆冰女之類暗諷她身材和臉上痘印的綽號，故意在她身旁猛叫，她對此也逆來順受，沒有告過一次狀，更沒有反擊過任何一次。

　　「這裡有人坐嗎？」

　　有天早晨，我在公車上碰到她，想坐到她身旁，我覺得班上那群人已經對她太過分了，她好似有些訝異，愣了幾秒才搖搖頭，說沒有。

　　在車上我問了她很多，才知道她爸爸因意外癱瘓了，家裡頓失經濟支柱，她放學後得趕緊回家接手照顧爸爸，讓媽媽能去上夜班。原本念實驗班也因生活重擔實在太重，週末都還要打工，她覺得自己無力待下去，只好退掉。她講完後，拜託我不要說，她不希望這件事讓其他人知道。

　　下車後，我們不過是沿路一起走進教室，就有人來問我說：「你幹嘛跟棉花女一起走啊？」

　　「胃口很好喔，這麼龐你也吃得下去！」

　　「欸，你不要讓 OO 知道這件事！」

　　那刻，我真的覺得很可悲，在人家為生活努力掙扎時，你們可以為了個無

聊活動搞排擠，到底幾歲？書念去哪了？這活動不是辦來凝聚感情的嗎？計較輸贏成這樣還有啥小意義？但礙於才答應不能說，我只得搖搖頭，說我不在乎。

幾週後，歷史課要分組報告。在老師宣布給我們五分鐘自己找組員後，班上鬧烘烘成一團，很快就各自成組，並上台登記。就剩她一個人始終正襟危坐地在位置上，默默看著大家分組完，沒有說一句話。

「咦？十五號同學還沒分到組耶，有組還缺人嗎？」老師看了看登記表後問。

台下沒有回應。

「那我直接分了喔，十五號就去 OO 那組好了！」

OO 正是帶頭排擠她的女生。

「蛤？老師我們不要啦！」OO 立刻出聲反應。

「跟她同組她又不會做事，她超沒責任感的！」

「讓她自己一個人同組啦！」

胖女孩仍舊沉默不語，半句反駁都沒有。

可她卻哭了，眼淚直直從兩頰滑下，連擦都沒有去擦。

看到這一幕，我真的氣到了極點，一時腦熱，也不知道哪來的勇氣，直接把桌子往走道一翻，站起來大吼：「幹，妳夠了沒有啊！？」

「做人留點口德好不好？排擠人有趣嗎？」

「好好同學要當到這樣，真他媽的有夠噁心！」

「× 您娘勒，老師我跟十五號同組啦！」

全班頓時鴉雀無聲，連老師都被嚇傻了。

誠實說：我自己也被自己嚇傻了，手一直在抖，只是騎虎難下，桌子都掀了，

總不能這時才很孬地坐下。只好拿著身後的椅子，直接坐到她旁邊去。

　　這之後，陸續有很多人來道歉。他們說他們也覺得OO真的做過分了，可之前一直不敢說，到了最後，OO也親自來向她道歉。她只輕輕笑了一下，跟對方說「沒關係，我也有做錯的地方。」

　　直到高三畢業，她跟班上同學變得融洽很多，個性也相較過去開朗，已經到能跟同學真正小開玩笑的程度。我們感情一直不錯，我指考數乙都完全是靠她拯救的，一路從均標都勉強拉到了頂標。上了大學，我們考到同校不同系，她整個人瘦下來，小化妝遮痘印已經到幾乎看不見的程度，又換了個偏分長髮的清秀髮型，不敢說漂亮，但絕對有中等以上，跟高中時已是徹底判若兩人。

　　我現任女友都是靠她追到的。

　　「那時候這麼多人跟妳聊天，為什麼妳會喜歡我啊？」我問過我現任女友。

　　「我聽她說過你的故事，覺得還滿帥的啊！」

　　「我覺得一個男生好不好，看怎麼追的一點都不準，想追妳的時候每個都嘛很好，但善不善良，怎麼對其他人的騙不了人！」

　　「幹嘛？你會讓我後悔嗎？」

　　「才不會！」我對著她的臉烙下深吻。

　　欸，雖然我們好陣子沒聯絡了，但我還是想說，妳才是改變我人生最大的那個人。

　　謝謝妳。

最討厭的，就是有些人即使到高中、大學，卻仍在玩國小排擠人的那套爛遊戲。

學著站出來吧！

你永遠不會知道，給自己十秒的勇氣，

你便能改變多少的人生，多大的世界。

我殺死了我自己。

具體的說，我刪了你，照片、對話一點不留的刪，IG、FB、Line 所有帳號全封鎖。

很幼稚其實。

畢竟，都已經分手好段時間，畢竟，我們是和平結束的，畢竟，曾說好未來也是朋友。

畢竟，你什麼也沒做。

曾經的合照仍然掛在你的動態，曾經的留言你動也沒動，曾經送你的鞋子你依舊在穿，曾經套在我身上的外套，也套在了她身上。

是呀，你什麼也沒做。

不愛了而已。

「謝謝妳。」你說。

「謝謝妳，還願意跟我講這麼多、教我，真的很謝謝妳。」

那天，我扛著你留在我這的一箱衣服，親自送到了你的宿舍門口。

分手後見面的第一次。

也是直到如今，我見你的最後一次。

「你以後要記得改，可以忙，但要記得通知她一聲在做什麼，不要覺得她擔心你很無聊，女生只是想知道你在。」

「你不開心的時候，常會選擇生悶氣，然後就逃避溝通，這真的很不好，會讓女生感到很挫折，寧可把不滿好好說出來，還能解決。」

「你有點木頭，這不全是壞事，也有女生就喜歡這種呆一點的，你可以把這個優勢好好發揮。」

「像是你願意跑大老遠來送一碗紅豆湯，展現我雖然木頭，但很愛妳，只愛妳一個人的反差，這能吸引到很多女孩。」

「答應她的事情記得務必要做到，如果不確定能做到，就不要承諾，雖然知道你不全是故意的，期待落空還是會讓女生感到很失望。」

你接過箱子呆愣愣地聽著，不時點頭反省。

「你是好男生，希望你幸福。」我最後說。

「我會的。」你燦笑。

「能這樣和平分手真好！」你露出了如釋重負的表情。

「我本來以為場面會超難看的耶！」

「怎麼說也是初戀呀！」

「剛剛出來的時候，我還在想如果我們都哭慘了要怎麼辦？」

「欸，講真的，我好慶幸我的初戀是妳。」

「雖然結束了，但如果再重新來一次，我還是會喜歡妳吧！」

「未來我們一起加油喔，我們一定還會是很棒的朋友的！」

「嗯。」

我前女友真是好女孩。你對朋友說。

都分手了，還願意客觀分析我的缺點給我聽，教我以後要怎麼跟女生相處。她還把我衣服特別從台中帶來桃園宿舍還我耶！跟她在一起，這幾年讓我成長好多。

如果不是她，我也不會知道如何珍惜現在的女友吧。

呵呵，原來我在你眼裡仍是好女孩嗎？

可如果讓你知道，講那些，是要你挽回我呢？

如果讓你知道，每一句、每一個字，我都得用盡全力控制住想跪下哀求的衝動，強壓著已經滿到喉嚨，彷若暈車，隨時都要失控的哽咽呢？

我還會是你眼中的好女孩？

還能是嗎？

說完那句「嗯」，我轉身直直走回閨蜜的車上。

「妳還好嗎？」等在車上的閨蜜問。

「真話、假話？」

「假話。」

「那很好。」

她把我載回房間，買了一打啤酒，讓我抱著哭了一整晚。

「我覺得妳根本白癡！」她說。

「都交往三年了，還不知道他就是木頭喔？」

「妳放下自尊，就哭下去呀，他絕對心軟好不好，妳都跑上去找他了！」

「哪個不愛的人會做這種事啊？」

「明明脆弱得不得了，明明還愛，還要硬裝堅強，一副很大方的樣子。」

「馬的，妳們獅子座的女生，是不是都有病啊？」

你知道嗎？茜說得對，我一點都不好，充滿汙濁的自私、小氣的忌妒、任性的愛哭。

我是以為你不行的，你一定不能沒有我的。三年的感情，又是初戀，你才放不下。

　　你這麼愛我，你怎麼可能放得下？

　　可好好笑喔，原來放不下的是我。原來在這段感情裡更愛的是我。你人生都翻頁了，我卻還在原地。我的時間，好像暫停了呀。有時候，我會想，如果我是九歲的話有多好。我是九歲就可以大方的任性，可以想哭就哭，可以耍賴要你回來，或如果二十九歲那也行呀，我就可以有經濟能力週週來找你，再遠距離都不怕。你寂寞，我能立刻出現，我能告訴你我在，能告訴你別怕，能告訴你我有多想你，是不是就不會有那些爭吵、那些冷戰？

　　是不是，就不會失去了？

　　可為什麼，我卻是十九歲，偏偏這該死的十九歲。

　　十九歲，敏感得不得了，一點風吹草動就害怕，連雞毛蒜皮也要斤斤計較。

　　十九歲，逞強又愛哭，放不下無聊的面子，還喜歡幻想著你能夠懂。

　　十九歲，什麼也沒有。

　　欸，跟你說，我把你以前最喜歡的長髮剪短了，短到肩上三公分的短。

　　我再沒有喝過紅豆湯了，只要一看到紅豆，就想起那天的你，那時候還愛我的你。

　　我將 KKBOX 裡關於盧廣仲的歌全刪了，你專唱給我聽的盧廣仲。

　　你唱給我聽的那段語音，我反覆聽了一年。

　　整整一年。

　　然後，對不起啦。對不起曾塞給你的任性，對不起我總是什麼都要你猜。對不起，我刪了你。我才是那個幼稚鬼，那個一點都不大方，最需要改的人。看到現時摟在你懷裡的她，還是會胸口刺痛。看到你來點愛心卻又什麼不過問，還是會難過，看到沒有我的你竟然真幸福，還是會哭出聲來，愛看又愛嫌，怕痛又犯賤的每篇都想點。

　　也許我真的是有什麼病吧？

　　轉眼都一年了呀，也該是時候終止。所以我決定要殺死自己，殺死了那個還喜歡你、還停留過去、還活在回憶裡，還自以為能當朋友，怎麼都不願醒的自己，殺死了我們的過去，已經隨風而逝。

　　不會有人再記得的過去。

　　你是好男生，希望你幸福，真心希望。對不起，祝福給得這麼遲。

　　你的語音，我不會再聽了。

　　不能再聽了。

有句話說：青春時，女生過早的成熟，沒有男孩承受得住。

可他們都忘了告訴女孩，長大後，男生後來居上的改變，也同樣地，沒有幾個女孩承受得住。

有一個女孩，愛著那個女孩

　　高三學測出來那天，她最拿手的英文劃錯卡，所有原先對未來美好的幻想，在瞬間功虧一簣。我怎麼逗她開心，換來的也只有勉為其難的敷衍微笑，放學回家後我越想越擔心，總想做些什麼能讓她重新振作起來。心一橫，便一個人跑去北車，在補習班樓下等她。

　　「這次一定要讓她感動到哭出來。」我心想。

　　我在寒風中等到了九點半，手裡捧著剛跑去買好，我知道她最愛吃的福州胡椒餅，不斷幻想著她看到我會有的表情，到底會是驚訝？是雀躍？還是會哭呢？應該會哭吧，她淚點這麼低，肯定要哭。

　　時間到，穿著各色制服的學生持續從樓梯、電梯口魚貫而出。然而，一分一秒過去，幾乎所有人都走光了，她卻依然沒有踏出來。

　　「她不會根本沒來補習吧，靠北！」我心一驚，也確實有這可能啊。都來了，怎麼也要去確認一下，便想上樓去教室看一看，就在樓梯間，我看到了她，正牽著另個外校男生手的她，他們緩緩向下走，男生緊牽著她的手，安慰她別難過。

　　我趕緊往下跑，透著樓層與樓層間的夾縫偷看。最後，在一二樓間的平台，他們停下了，男生將她摟入懷裡，我看不清她的臉，只看得到那個穿著白衣黑褲的男生，吻了她的額頭、只看得到她也回抱了，頭靠在他的懷裡顫抖，貌似在哭，只看得到，一旁窗戶玻璃中反映出的自己，眼淚也在掉，不爭氣地在掉。

　　回過神來，趁他們走下前，我趕緊離開。

　　「嗯，怎麼辦呢？」我邊在寒風裡走，邊看著手上提的兩人份食物。

　　在捷運站外頭，我找了個階梯坐下，一個人啃著胡椒餅。

裡頭還是熱的耶，真好。

能一人吃兩人份耶，真好。

不用再煩惱該怎麼安慰了耶，真好。

我沒哭啊，幹嘛要哭呢，明明很好啊，我只是坐一個多小時車來吃胡椒餅的呀。

我沒有哭，只是這個風嘛，太大了，容易扎眼。

真的，太大了。

隔天到學校，我假裝沒這回事，等著她來跟我分享細節。社團認識的男生，發現又在同間補習班補習，所以開始會一起回家。我微笑著聽完她說完所有故事，給她建議、給她安慰、給她身為一個好姊妹我能給的一切。

她抱著我說：「妳好好喔，妳要是男生我一定先選妳。」

「我才不要勒！」

不能要。

我不是男生，所以我不能要。

然而，那個男生也並沒有珍惜她，一上大學就變了樣。

我有好多問題想問喔，為什麼他可以對妳不聞不問，妳哭了還掛妳電話？為什麼他會嫌妳手有手汗，握都不想握？為什麼，我的一切，在他眼裡，就什麼都不是了呢？

他們分手後，我陪著她去 KTV 抒發了好幾次。她老愛唱劉若英的〈後來〉。

「永遠不會再重來，有一個男孩，愛著那個女孩……」

她唱得聲嘶力竭，每次到這句都會哭。

「他也曾經是愛過我的，對嗎？」她問我。

「我不知道。」

真的不知道。

我只知道，每次聽這首歌我心也好痛。這世上，每個人在聽歌時，都喜歡把自己帶入了歌詞裡的我，可又有多少人能想到，你也是另個人歌詞裡的你呢？

她還是幸福了，大三時遇到一個不錯的男生，愛情長跑了六年，年初結婚。我去台中當了她的伴娘。

「我們今天最美的新娘就要現身，讓我們以最熱烈的掌聲歡迎……」司儀念著稿，她拖著一襲夢幻到發亮的白色婚紗，由爸爸挽著，緩步踏入場內，淚珠在眼睛中打轉。

她果然還是一如既往地愛哭。

真是詭異的感覺吶。

不是要嫁給別人了嗎？台上不是播著她和別人的愛情嗎？為什麼我腦中想的卻是我第一次替她挑衣服的場景？她興奮地從試衣間出來，轉了一圈，問我美不美？

「很美。」我看呆了，只能在心裡回。

還有她的第一次失戀，第一次化妝，好多好多個第一次，都是我陪她走過的，也是我的第一次。

「好像自己嫁女兒喔！」

她問我為什麼哭，我這樣回她。

「好嘛，老媽別哭了，女兒又不會不見。」她吐了吐舌頭。

「欸～」

「幹嘛？」

「我愛妳。」

她愣了一下。

「我也愛妳。」旋即，臉上笑靨再次璀璨如花。

真好，當女生真好，跟姊妹說愛妳，也一點都不奇怪。真好，喜歡的人是朋友真好，就算顫抖著擁抱，就算止不住流淚，也不會有任何人起疑。

真好哪，我的青春是妳真好。

「後來，我又回學校走過，重新回憶曾和妳走過的每一步。

後來，我總算學會了如何去愛，可惜妳早已遠去，消失在人海。

後來，終於在眼淚中明白，有些人，一旦錯過就不在。

永遠不會再重來，有一個女孩，愛著那個女孩。」

——〈後來*〉

後來到了有一天，便不再有後來。

青春最殘忍的一件事，是有天，你竟聽懂了一首歌。

*編按：出自劉若英演唱、施人誠作詞的歌曲〈後來〉。

消防員的女兒

「好啦好啦，不用擔心啦，我走囉！」

說這句話的是儀，大學設計系女孩，儀的爸爸是消防員，在一次救災之中，不幸發生意外走了。

「對不起，嫂子真的對不起，是我沒能拉住他，對不起，是我對不起你們！」爸爸的兄弟跪在地上，一把鼻涕一把眼淚地痛哭失聲。

儀媽媽沒說什麼，只輕輕扶對方起來，安慰對方說，我知道你們一定盡力了，這不能怪誰。異常冷靜地直到喪禮結束、直到火化、直到撿骨、直到送進塔裡，也都沒有哭。

一滴眼淚，都沒有。

誠實說：儀對此不是很能諒解，可到底年紀還小，終究也沒問出口。這已是儀國小的事，如今而言，記憶只剩一夜睡起來，爸爸就沒了，什麼都沒了。

那天起，儀的作文裡再沒寫過想當消防員。政府有給撫恤和慰問金，然而說實在的杯水車薪，生活都頓時陷入拮据的車薪。很遺憾的，我國政府對於消防員極度不重視到，除救命的裝備經常殘缺不齊外，連人死了能給家屬的都不夠，有人出事了吵，吵完了問題依舊，至今都仍是如此。

畢竟母女相依，儀和媽媽的關係還是不斷漸入佳境的，會說說心事、會一起出去逛街走走，儀也從高中起就很懂事地出去打工貼補家用。而說話這天，正是儀要上大學的當天。因為媽媽還要忙工作分身乏術，儀便獨自一人扛著大包小包前往陌生的城市，陌生的大學。整體來說，大學還不差，確實多彩多姿，有群革命交情的朋友，談了兩場戀愛，也參與了許多活動。除有夠爆肝，天天

在被時間追趕，有時累到週末只想睡整天外，還可以啦。

　　可儀與媽媽的關係，卻快速惡化。媽媽很不解為什麼儀把自己弄這麼累，對自己好一點很難嗎？儀覺得大學本來就是這樣，她也沒辦法，難道活動都放棄不參加比較好嗎？媽媽無法接受儀那兩任男友，認為儀看男生眼光很差，失去有什麼好難過的？儀覺得這是她主動講的耶，怎麼可以拿她說的秘密攻擊她，她承認自己是眼光不好，可她對每一段感情都很認真呀，失戀不能難過嗎？總之，處處有衝突。

　　鏡頭轉往前幾天：

　　「妳夠了沒有！」儀用力拍桌大吼。

　　說實話，儀自己也嚇到了，之前無論再怎麼衝突，也從沒這樣對媽媽失控大小聲。只是最近真的很疲倦，畢展籌備又出了問題，已經夠煩了，還不斷被碎碎念，終忍不住爆發。

　　「妳說的我都知道，我也不想啊，事情就這麼多，那不然妳要我怎麼辦？擺爛嗎？」

　　「我只是想要能安安靜靜好好吃個飯，晚點還要做事，這要求過分嗎？」

　　儀媽媽沒說什麼，就沉默的坐在位置上，一句話也沒說。

　　「不吃了啦！」

　　就算有點懊悔，但還在氣頭上，拉不下臉道歉，儀重重放下碗筷，把自己關進房間裡哭。

　　「叩叩叩……」

　　約過了近半小時，媽媽走來敲門，輕聲說她把飯放門口，多少吃一點。

「我不餓。」儀還在賭氣。

儀媽媽嘆了口氣，仍舊沒說什麼，只背貼著房門緩緩坐了下來，衣服與門摩擦出了沙沙聲。

「妳知道嗎？」約過了半晌，媽媽彷若自言自語地說：「如果可以，我一點都不想管妳。」

「我知道妳是足夠獨立的孩子，妳一直是，從小到大都沒有什麼讓我很煩惱的。」

「可我好心疼妳。」

「我連個爸爸，都沒能給妳留下。」

「記得那天妳去大學嗎？妳一個女生提了大包小包，這麼重的行李去搭車到一個完全陌生的地方。」

「別人都是有爸媽陪的吧？我就想我的女兒這樣自己去，心裡會有多少委屈，又有多少害怕……」

「那天晚上，我在家裡哭了好久，我好恨自己，恨自己有妳這麼好的女兒，卻好像什麼都無法再為妳多做。」

「妳跟妳爸個性簡直一個模子刻出來的呀！」媽媽說得很輕、很柔、很緩。

「固執得要命，拚命把責任往自己身上攬，明明對別人都很溫柔，奇怪了怎麼就是不會照顧自己。」

「我好害怕，真的好害怕……如果我放手，又失去妳了怎麼辦？」說到此，聲音已轉為哽咽。

「我們不要再吵架了好不好？」

「妳會後悔的。」

「那個以為會永遠在的人，真的會突然有天說不見就不見的……」

「如果最後那一天，我沒有跟妳爸爸吵架有多好！」

「我覺得我好糟糕，連最後跟他說的話都是氣話。」

「會不會是我影響到他的心情，會不會是我害死他的……」

儀起身衝出房外，母女兩人抱在一起哭。

　　親愛的，你能否明白呢？我知道，我們這年紀是最容易和父母衝突的，覺得父母不懂自己，我想要的是蘋果，他卻硬塞給我芭樂，我拒絕了，還怨我不懂他們苦心，覺得父母霸道不講理，提一堆要求，自己還不是也沒做到，憑什麼要求我。

　　可你是否明白，你的父母也是凡人，也是第一次當父母。他們不特別，一樣會孤單，一樣會害怕，一樣會痛心，一樣會哭泣。他們只是，不知道該如何去愛你、去懂你而已。可你，又懂他們了嗎？你是否知道當十八歲之後、當離家之後，家以及父母對你的概念就要質變了。不再是能說抱就抱，無時無刻能躲避的港灣，少了屋簷的外頭世界，你得一個人走，只剩你一個人走。

　　然後，有一天，在你遭逢苦難低落谷底時，你卻仍需對著電話那頭說：「媽，我很好。」然後，有一天你發現媽媽偷偷染黑頭髮，爸爸也有搬不動的東西時，你卻只能忍著，將酸澀給吞下肚。

　　然後，有一天，沒有然後了，沒有家可以回了。

你的父母，是會老的，用遠比你長大更驚人的速度老去，趁還有機會抱抱他們吧！

最後送你一句話：父母在，人生尚有來處；父母去，人生只剩歸途。

　　我是一個路人甲，也是女二。

　　我一直很有自知之明啊，照照鏡子，我對我的青春從沒什麼幻想，只覺得當女生有夠麻煩的，想上個廁所都得排老半天隊，就別提每個月都還得痛一次。有次聽朋友聊化妝最麻煩的是什麼，她們羅列了一大堆，我覺得有夠強的，我能想到的就是：卸妝、卸妝、卸妝。媽的，老娘畫這麼久，回來累得要死，還得先卸妝才能往床上倒。反正就是如果出現在青春劇，那種永遠會陪在女主角身旁，觀眾看到劇終，可能連名字都不會記得的配角女。

　　貌似很會聽別人抱怨，給一堆很厲害的感情建議，但其實，自己根本什麼都沒經歷過。所以基本上，從小到大喜歡過的男生，都成哥們了。包括從十五歲開始，橫跨高中大學都喜歡的他。

　　他呀，說實話並不是江辰那種頂級的帥，更像吳柏松些，陽光開朗，笑起來又燦爛，跟誰都能處很好。怎麼說？也許我本來就是個怪女生吧？我一點都不期待喜歡的男生要多帥，要什麼讓妳走內側、隨傳隨到、甜言蜜語之類，我都覺得挺無聊的。有時候，甚至反而比較想罵朋友也太做作了，哇靠！妳這樣搞，我是妳男友也搞不懂啊，想要什麼直說是會死呀？

　　對我而言，真正重要的，是要有擔當。

　　我看過太多姊妹的帥男友，一遇事就開始推諉責任，小孩怪罪本性嶄露無遺，真的很讓人心寒，那帥有個屁用？

　　我和他學校間有個活動叫飲料日，其實就他們段考會比較早結束，所以會來送飲料給我們學校的女生。當時剛升高一，還滿心期盼，我們幾個女生在參加社團活動時，正聊得很開心。

「笑死，長那麼龍還希望有人送！」一個男生聽到我們聊天內容後，跟朋友說。

「靠，我好想知道什麼男生會送她喔！」

我們都傻了，感覺擺明就是故意針對。

他們還嘻嘻哈哈地講了很多很難聽的話，一點都沒有掩飾的意思。看著朋友一臉難過，已經安靜下來不說話，我氣得想拍桌起來罵人。

「喔，我送啊！」

他這時才走過來，故意大聲地說。

這下，那幾個男生全閉嘴了。

「學弟，我覺得啦，這樣背後對女生品頭論足，還滿 low 的。」

「不要丟學校臉，可以嗎？」

他也沒有破口罵，但語氣讓人不寒而慄，那幾個男生嚇死了，都噤聲默默聽。

「不好意思，學弟不懂事，希望妳們能原諒。」

「可以的話，不知道方不方便跟妳們要一下資料，我們會送飲料過去賠罪。」

超～級～帥。

不過也就認識第一天帥，後來熟了之後，發現他也是個喜歡嘻皮笑臉、說話很北七的男生。常講出一些冷笑話，講完自己笑，大家都是看他狂笑，才不自覺的跟著一起笑，反正就是個喜歡自嗨的白癡。

然後啊，我就喜歡了他四年。為他選了第三類組，明明數學爛得要死，還是想能靠他近一點；為他換了補習班，只為能和他不小心巧遇，然後一起邊聊

天邊搭車回家；為他去了新竹又改讀文組，即使能去台北，還是想去有他在的地方；為他當了鬧鐘兼天氣預報系統，定時發送晚安及天氣提醒。

直到，他交了女友為止。

嗯，就說我是路人了嘛，路人妳還想期盼什麼？

可是，好奇怪啊，我不是路人嗎？

為什麼在他來問我女生心思，該怎麼照顧好她，我還是覺得心好酸；為什麼我會一下委屈，一下為他隨口的幾句話，又開心起來；為什麼在看著他貼心地拿著包包，替彎腰的學姊擋著裙子，我卻看得好想落淚。

為什麼，我在哭？

「我分手了。」大二那年，他跟我說。

沒有什麼浮誇戲碼，純粹不適合，兩人終究磨合不來。當時，他已經很有名了，聰明、陽光的外表又親和，我知道喜歡他的女生就有三個。

三個，都遠比我漂亮。

你知道，喜歡一個人太久，到了最後，其實會分不清自己到底仍是喜歡，還是已經變為執著嗎？看到《致我們單純的小美好》中，陳小希說：「我不想再喜歡你了，太累了。」時，我一直猛哭，太清楚那什麼感覺。太喜歡一個人，真的，好累。當朋友不甘，當情人又不敢。

所以當我鼓起勇氣，在半年後對他告白時，其實有一瞬間是如釋重負的。

我終於說出來了。

終於。

然後，恐懼，開始恐懼失去，恐懼會連朋友都不是。

「不行。」他說。

嗯，也是，人家有這麼多好女孩喜歡，他都沒要了，又怎麼會選我？

「我知道我比較古板。」

「但我還是覺得，告白這件事，不該由女生來做。」

「我也喜歡妳，可請讓我來追妳，妳是夠好的女孩，該被這樣對待。」

空氣，凝結了。

我瞠目結舌地看著手機上的這段話，吐不出一個字。.

「你……沒有在開玩笑？」

「嗯。」

「沒有打賭賭輸？」

「沒有。」

「確定喔，我要確定喔，如果你是玩什麼遊戲輸了，我可就白哭了！」

「幹嘛哭啦！」

「五年欸，五年欸去你的，我從高一就喜歡你了五年欸！」

「老娘青春全部都給你了欸，混蛋！」

「為什麼我不能哭？我就愛哭，怎麼樣！」

「你最好給我好好追，沒追到我打死你！」

我在螢幕前，哭到不能自已。

剛剛，晚上一直下著雨，他騎著腳踏車，跑來我住處底下，給我送晚餐。.

「欸欸，這份我的，不是妳的。」他阻止我，要接過已經淋濕的袋子。

「這才妳的！」

他拉開層層外套，裡面包著一盒鱔魚麵，我最愛的。

一摸，微微燙。

「吼，這妳也要哭，都在一起這麼久了欸，是到底多愛哭？」

「好啦，乖，不哭了不哭了齁！」

「趕快先吃嘛，大老遠跑去買的，等下冷了。」

被愛，真的，好酷啊。

其實呀，每個人，在自己的故事裡，都是主角。

朋友也有備胎

你聽過朋友也有備胎嗎？

有一種人，他看起來好像很多朋友，永遠都有人找他出去玩，他在人群中評價往往是好的。

「很講義氣」、「能放心說心事的朋友」、「對誰都友善、很大方，幾乎能接納所有人」、「沒什麼心機，厭惡去陷害誰，更不會把告訴他的秘密當成和別人八卦的談資，超棒的閨蜜！」、「借文具、借筆記、借作業、借衛生紙，知道跟他借什麼他都不太會拒絕」、「是吃軟不吃硬了一點啦，不要當面損他也就沒事了，不然好好道歉大概都會原諒，人不錯」、「很體貼，會為大家想到很小的事情，而且默默做事也不求回報」、「有借必還，借他什麼真的都還超快的，還不忘下次報答……」

可很少人知道的是，這些每次跟他出去玩的，往往不是跟男友、女友吵架，就是跟自己本來的生活圈出現了隔閡，所以當沒有人找時，他就是第一人選。所有人都知道，只要回頭，只要招手，只要開口，他就會在。

是呀，他都在，無時無刻。

只要被需要，他就在。在多數人眼裡，他總是一副什麼都無所謂，什麼都沒關係的形象，這樣的人會有什麼問題？

於是他的傷心便不再有人能知道、於是他的憂鬱只能夠獨自去面對、於是他的寂寞永遠深埋在心底。當一個人給他人的嘻笑太甚，久了，就沒有人能再看到他的難過，把他認真當成一回事。

直到某段時間，如分手潮，霹靂啪啦一堆人分手，然後他就像什麼紅人一樣，約不完的朋友，吃不完的飯。然而只要一等到戀愛季節來臨，他再次立刻

恢復一個人，好像灰姑娘一樣，找不到朋友一起過聖誕，找不到朋友一起過跨年，因為都有男(女)朋友了。在他有一天也想要找對方陪時，換來的答案總是：「可是我今天已經有約了耶，抱歉啦，晚點打給你。可是我答應男友要去吃飯了，對不起，下次約好不好？」

可是⋯⋯

可是⋯⋯

可是大多的可是，接下來的都是音訊全無，再沒有來過了。他只能告訴著自己，沒有關係呀，朋友開心就好了。沒事的，真的沒事的⋯⋯

再讓我告訴你，這樣的人之中，又以女生的比例更高。原因在於男生友情往往為開放，一群行動人數也較多，對彼此什麼不滿也比較能坦白直說，不會怎麼忍，哪裡不爽。

「乾，你很靠北，不會自己寫喔！」

「你行你來嘛，共夾賊。」

「幫你還囉哩叭嗦一大堆，再吵你自己做！」

其中一個太機車，其他人也較會介入幫腔，維持一個平衡。女生，尤其是固定圈圈行動的女生就慘多了。碰到室友、同學有公主病的更雪上加霜，隨便舉常看到的：

「欸欸，陪我去廁所、陪我去看電影、陪我去逛街、陪我去幹嘛幹嘛⋯⋯」反過來妳問她時，她問題就一堆了。

「一起出去旅遊，什麼都塞給妳排行程，妳問她意見她什麼都說好，沒關係，沒意見，都交給妳。」真的出去後又不斷嫌棄妳排很爛，為什麼要去這裡、

太陽好大、好無聊、早知道不要這麼相信妳。

「拿妳的東西跟拿自己的一樣，還有動手直接從抽屜、包包打開就拿的。」妳生氣她還一副妳很小氣，不是好朋友嘛？

「要妳做東做西，報告塞給妳、拍照要妳拍、東西要妳拿、水果要妳削、蝦殼要妳剝芭啦！」做完還嫌東嫌西，妳拍照真爛、會不會修圖、切好醜喔、報告怎麼拿這麼低、這種小錢以後還啦。

以上這些都算了，她只要下次還妳 10%，幫妳做個超微小的事情，她就覺得不欠妳了，甚至反過來覺得妳還欠她。妳說離開？可害怕自己會被孤立、害怕其他圈打不入了、害怕會因此被說話、害怕以後得一個人。不想太撕破臉、拚命自我催眠、朋友已經不多不想再丟。由於圈子比較封閉，外人很難進來說什麼，實際上也真的不知道發生了些什麼。最恐怖是碰到很會操控人心的，黑的也能說成白的，反過來把自己打造成受害者，聯合排擠那個已經做牛做馬到受不了，還無人聞問的女生。

在友情裡被這樣利用的備胎工具女孩，超～級～多，她們只是很少被看到，也很少被重視而已。

對此，當然可以說：那你不要當備胎呀，這不是活該嗎？問題是，他把自己身旁的每一個朋友，都當成太重要的人在珍惜。有時候，甚至在乎到超越了自己，即使明天考試已唸不完，也熬夜傾聽正失戀的你哭訴；即使收的錢會短少一點，也寧可自己虧損，不願佔到任何便宜；即使情緒也相當低落，也強打起精神，不想造成你的困擾。誠如水問所述：「最悲哀的是，明明心裡延續著梅雨，臉上卻必須堆垛著虛偽的晴朗。」他是確實有活該成分，可卻是為了自

己的原則，所相信的朋友，為了你而活該。你還捨得苛責嗎？不要再把這樣的朋友，當成備胎了好嗎？任何一個可以在你傷心時立刻找到，在你無聊時馬上約到，在你需要時就出現身後，你確信他會不離不棄的朋友，他都絕對是把你放在比起備胎更重要的位置，你們的友情之於他而言，不是供起來高高在上的裝飾品，不是放在書架積灰塵，卻從不會去翻開的畢業紀念冊，而是真真實實他隨時放在口袋，捧在手心，他願意擺在生活最優先的存在。

能不能偶爾，偶爾就好，主動去陪伴他一下，問他一聲近況，分享喜悅給他，告訴他你的生活點滴，約他去吃個好吃的，感謝他為你做過的所有。一點點就好，讓他知道你同樣重視，你依然在乎，所以能鼓起勇氣繼續對你好下去。終究，你只是剛好需要，他只是剛好在的感情，太傷人，就算是友情，也太傷人。

當然，已經被利用的你也該明白，有些友情，本就像手機裡，曾天天玩的一款遊戲。以前總是每天要求自己要打開，要拿每日登錄的獎勵，要下課時有事沒事就按一按，上廁所都還會玩到站起來時腳麻。可有一天，就沒了。忘了確切從何時開始，就是不再想打開了。朋友也好，情人也罷，不都是如此嗎？之所以別離，也不過就是突然感覺再走下去也沒意思，失望累積夠了。你本也該自己懂得止損，停止無止盡地任憑自己被利用。

長大後再回過頭來看看，你總會真正留下來的，反倒都是那些不怎麼費力在維持的。說白了，就是兩個都太懶。於是懶得吵架，吵架好累阿，還是趕快和好吧、懶得計較，拜託讓讓就算了嘛，這芝麻大小事幹嘛浪費腦容量去記？懶得爭執，約去哪都可以呀，有好吃的就好了啊、懶得記仇，蛤？有喔，我為

這生過氣喔？不記得了。

　　結果也懶得別離，懶得分開。

　　最主要是懶得再去找個重要的朋友，全部都要重新再來一次，累。結果沒想到，這種彼此都懶的，反倒莫名其妙撐了數十年，成了少少能真正超越時光，都沒散的。當初怎麼變朋友的場景都因太懶，早忘得一乾二淨，可當有人問起最要好的朋友是誰，腦中自動浮現的卻仍是對方的名字。

　　友情謬論大概也在這吧，越不用費力維持，越自然而然，越懶的兩個人，竟是越長久。

　　長大過程中最笨，卻也是最多人都犯錯過的一件事，莫過為了新鮮感，而丟了那個本能一輩子交往的人。

　　本來，是能一輩子的。

媽媽型朋友

「欸，妳們有人要去吃晚餐嗎？」

寢室裡，我回頭對她們三個說。

「可外面好冷耶！」

「我還在打報告。」

「等我看完這集。」

「喔～好吧，那我自己去囉！」

「啊啊，那順便幫我買，我要學餐的蒜泥白肉。」

「我八方雲集，招牌十五顆，順便一杯奶綠微糖去冰謝謝！」

「蛤蛤，那我也順便，我叉燒就好，記得要淋汁，飯多一點。」

……

懶死妳們這三頭豬。

有時候，我真覺得自己是這三隻小豬的媽，再舉幾個實例：

「欸是不是要上課了？」

「我昨天開會到一點多才回來，今天就不去了。」

「蛤，那我也不去了！」

「不行！這堂要點名，通通給我起來！！」

「妳嘛拜託幾勒，包包亂丟，衣服亂丟，鞋子亂丟，就連頭髮也不撿撿，妳到底在幹嘛啦？」

「齁，媽妳怎麼跟我跟到學校了啦？」

買回來的食物裡只要有袋裝湯，一定是我負責打開倒進碗裡；誰從家裡帶

了水果回寢室，首先就是拿給我拜託削一下；出去吃燒烤也好、火鍋也罷，反正肯定是我負責煮跟撈油，她們負責吃；只要餐桌上有蝦子，除了我以外都不會有人動，非得要我剝殼放到她們碗裡。有時候她們太懶，我還會負責幫忙吹頭髮。

「欸，馬麻妳喜歡女生嗎？我覺得妳比男友強大欸，我嫁給妳好了！」

「妳想嫁我還不想娶啦！」

「齁～嫌棄我！」

然後，有天一覺起來，她們就都不在了。我這個媽，已經當了四年，終於也是當到了尾聲。

她們三個的位置在前一晚就已清得一乾二淨，整間寢室空蕩到若稍微大聲點說話，竟還能聽到回音。

「好不習慣啊！」

爬下床，看著她們幾乎一塵不染的床位時，我忍不住在心裡感嘆。人是不是都是有病的生物啊？分明嫌棄了四年，真沒了的時候，卻又還是好難過。六月底的初夏，外頭的燦陽，透著窗簾與一旁樹冠灑進了寢室，點點光芒星羅棋布地佈滿空無一物的地板。

「這就是最後了嗎？」

嘴角忍不住微微上揚了些許，我用力看了最後一眼房間，隨後輕輕將寢室門帶上，準備也要去辦退宿。

四年，真的，好短呀。明明我都還記得她們每個人剛進來的樣子，記得她們是如何逐一從氣質仙女崩壞成豬的；記得第一次寢聚時，分明還陌生地四個

女生竟就嘰嘰喳喳聊了整晚；記得有天在床上想家想到哭了，她們三個就把我挖起來，輪流講笑話給我聽；記得被甩失戀時，她們三個比我還氣憤，在網路上為我筆戰，還硬拉著我東奔西跑散心。拖著行李，從宿舍一路走到門口要去搭車回家的路上，我不斷想著這幾年裡，和她們經歷的一幕幕，結果在車子發動前行，校門口漸行漸遠消失在視線裡時，我也靠在窗上哭成了豬。

畢業後，我去了美國東岸一個叫 Hanover 的小鎮念書，這裡緊鄰康乃狄克河，從街道、建築到風景都如詩如畫。地大嘛，房子都不高，保留著英國殖民時期的風格，校園也不再像台灣一樣，總熙來攘往地處處是人，根本社區公園附屬大學。

可，這裡沒有她們，不會有了。

「哇，不愧是學霸如馬麻念的學校欸，太美了吧！」

直到她們其中兩個，出現在我宿舍門口為止。.

「欸～快，給我們介紹一下，有帥哥最好，我剛在路上看到一個超像希德斯頓的耶！」

「思好已經開始上班了，走不開，不過她也幫妳織了條圍巾喔，怕妳這冬天會冷。」

「喔。」

看著養了四年的這幾個女兒，淚腺也不知怎的，一下就失控了。

「厚～妳把馬麻弄哭了啦！」

「才沒有，是風太大了，眼睛進沙……」我嘟著嘴。

「好～好～是風太大了。」

她們兩個靠過來抱著我，也哭了。

在美國的這幾年，我們還陸續見了四次，三次是我回台灣，一次是她們一起過來。她們一個去了銀行，一個當了公務員，還有一個去了香港工作。她們聚齊一起過來的這一次，是我在紐約結婚的這一次。

「馬麻結婚，有女兒不到場的道理嗎？」

在最後我送她們去甘迺迪機場，看著她們身影一起消失在海關後時，我就在想啊，朋友，到底是什麼呢？

在我的人生裡，除了她們，我其實還有過很多，國中小的同學，高中的社團夥伴，大學無數活動中認識的成千上百人。曾有句話說：「在不斷相遇的同時，我們卻常常忘了，我們也是在不斷離別。」我對此深以為然。

十八歲後，時間過得越來越快，相遇也越變越容易，離別也是。可，她們卻陪著我走到如今。我們四個人，就分屬在三個國家生活，世界都徹底不同了呀。或許，並不是因著長大，因著距離，因著現實，會使朋友丟了一路，而是因著長大，因著距離，因著現實，我們才會逐漸看清，誰才是真正的朋友。要好的朋友，終其一生，幾個就夠了。

「我也已經是兩個孩子的媽了！」在銀行上班的思好跟我說。

「可每次想起妳的時候，還是想賴著妳，再吃一次妳削的蘋果。」

臨別前，她緊緊抱著我，哽咽地說。

　　如果你還不知道誰是朋友，誰有在乎你，分享個簡單判別方法，在這種濕冷或炎熱天氣，沒窩在家裡，還會願意約你出去玩的，那肯定是生死莫逆之交。沒有人會為玩、為吃、為唱歌、為看場電影不要命的，只有出於真摯想念的感情，才有辦法不要命到這種地步。

　　所以，欸，何時約？

誰都不用在誰面前假裝很厲害的樣子，這便是我希望我們的友情能有的模樣。

鐵公雞男友

　　我男友很摳，他已經不是普通的省能形容了，他可以為省幾站捷運幾十塊的錢，特別早起半小時多繞路去借 Ubike，而且都會剛好搶在三十分鐘免費內還車；他全身上下的所有東西，都是幾百的地攤貨，鞋子還是兩百塊洞洞鞋，穿三年多到底都磨平還在穿；他去看電影永遠都是看二輪，照他的說法一次可以看兩部又只要首輪半價，還不用跟人搶，多好！他大學所有教科書都是二手的，為了省錢，他甚至靠網路自學了如何裝電腦，後來還以幫同學組電腦賺錢；他用的手機直到 IG 都普及了還是智障型的，要不是後來公司免費配手機，我看他會用智障型一輩子。

　　在他的消費觀裡，任何東西是以最小單位，諸如 ml 在算的，連買十塊麥香都要算。

　　「笨蛋才買十五塊的麥香奶茶。」他阻止正要投幣的我。

　　「平均下來，多五塊明明就該多一百五十 cc，它才多五十 cc，多不划算，妳不如買兩瓶十塊的。」

　　他一臉得意洋洋地讓我很想揍他。

　　不過，既然會是男友，他也有他好的地方。怎麼說？就……他是那種很含蓄，老實害羞到會讓人想欺負他的男生。

　　他喜歡我很久了，從大一我就知道。沒有自傲的意思，但當時對我表達好感的男生很多，我都挺反感的。在我的觀念裡，感情應該是需要一定時間的相處，慢慢認識而後培養出來的，就迎新一面之緣，頂多網路上隨便聊個幾天，這樣就喜歡？拜託，你連我生日幾號都不知道，你喜歡什麼啊？這麼愛我大頭貼的話，我多拍幾張送你，你跟它談戀愛好啦。

　　反正我全部一律婉拒了，婉拒到大二後，除了他以外，也已經沒有別的男生喜歡。記得是大二下的一場舞會，平常沒在喝，低估了喝起來很像果汁調酒的威力，到後來有些微醺。大家都知道他喜歡我，就偷偷鼓吹他送我回去，我也是走到一半，發現我的閨蜜們都很有「義氣地」中途烙跑，才發現自己被賣了。我們學校有個很長的坡要走樓梯，畢竟有點暈了，我走得有些跟蹌，他就戰戰兢兢地守在我身邊。感覺起來很想要扶我，但卻又不太敢，只好小心翼翼地面對我，隨時準備要接，同時倒著往下走。

　　「學長沒關係啦，我可以自己回去。」我跟他說。

　　「不行不行，妳醉了，這樣太危險！」

　　「不過這樣也不能騎機車載妳，我叫計程車好了。」

　　於是他就真的跟著我坐車到租屋處，還不肯收我錢。

　　「妳回宿舍後，可以再私訊我一聲說到了嗎？」

　　我承認，我有點想給他機會了。

　　「蛤？啊……喔，好，沒問題。」

　　他明明就還穿著舞會西裝筆挺的衣服，可此刻就像慌張失措的小男生。不過也是服他了，他整整讓我等了快兩小時才傳訊，他從我租屋處自己走了一個多小時路，走回去的。

　　後來大概又熟悉了兩個月，我才跟他開始正式交往。可能家裡也沒讓我窮過，在台北不含租金一個月花費六七千左右，這應該不算過分吧？不過他實在太極致，極致到我打電話給他，他都會直接掛掉，過幾秒再打給我，理由是他有設我為熱線，打給我不用錢。就是他雖然不肯佔我便宜，可會把他的金錢觀

套在我身上，處處希望我也能省一點，這讓我其實有感到壓力。

　　直到，在我研究所考前一天，我收到一位在西堤牛排打工朋友的訊息。她說，我男友剛剛去她們店裡，特別找她，想問我愛吃什麼。

　　「海陸雙拼如何？上次她就點這個。」

　　「好，那給我一份。」

　　「你自己呢？」

　　「我不用啦，太貴了，吃不起。」他吐吐舌頭。

　　他們還小聊了一下，我男友跟她說因為西堤是他知道最貴的食物了，他想在考前一天給我打打氣。

　　「欸，不用服務費嗎？」走前他問。

　　「對喔，外帶不用服務費的。」

　　「哇，這麼好，這樣我可以到夜市買個牛排再去找她了。」

　　「其實，應該要替他保密的。」朋友講。

　　「但我覺得妳男友真的很用心，還是想跟妳說一下。」

　　那天啊，我故意說吃不下，把大塊的肉留給他，他雖然沒說，但臉上表情喜孜孜地就跟小朋友一樣。

　　那天啊，他就默默坐在角落替我整理資料，直待到我要睡了他才走。

　　那天啊，在聽他機車聲逐漸遠去後，我趴在桌前，哭了好久。

　　碩二那年，爸爸急性出血性中風，在加護病房昏迷。半夜知道這件事時，我哭著打給他，他二話不說，載我從台北一路騎回了新竹看爸爸。我已經慌了

手腳，腦袋完全沒有思考能力，好像眼前上演的所有一切都不真實，都只是一場戲，他卻顯得冷靜沉著。

「沒事的，阿姨。」我還在一旁哭時，聽到他和我媽媽對話。

「我媽媽得過癌症，住過好陣子，都是我在處理，對醫院可熟了！」

我才知道他是單親，才知道為什麼他從不提家人；才知道，他這麼省的原因是什麼；才知道，自己什麼都不知道就去怪罪他，又有多幼稚。

他後來先回台北了，我則向學校請了假，跟媽媽繼續留這裡。但也才隔天，他就又跑回來找我，一直陪在我身旁，沒有離開。這次，還帶了他的存摺，裡頭有三十二萬，是他的所有積蓄——這些年，他所有拚命省下來的積蓄。

「對不起，不是很多……」

「但我算過了，應該能幫妳爸爸多撐幾個月。」

「中風是長期抗戰，我們要一起加油。」

媽媽沒有收，跟他說我們還有存款能先用，婉拒了。但從那天起，我所有的日用品他都會替我買好，每天幫我送飯，不肯讓我花錢。

直到我爸爸去世，人走了為止。

他呀，他真的是個讓人搞不懂、無法理解的男生欸。不是很省嗎？怎麼婚禮還這麼捨得花，怎麼我明明跟他說便宜就好，他還是要什麼都用最好的。我們角色詭異地反過來了。

「女孩的終生大事，只有一次嘛！」

「省錢省這麼辛苦，如果連要跟自己走一輩子的人都不能疼一下，那我幹嘛省？」

爸，你女兒今天結婚了，場地好美呢！

爸，你一直說想要個兒子，現在有了喔！

欸，爸，我很幸福，你有看見，對嗎？

對嗎？

這世上，沒有人的生活是真的容易的，

若你感覺容易，那也是因為有個人替你負重前行。

像我這樣的女生

和前男友從國二開始，交往了五年。年紀太小，初戀又來得太早，兩個人都還不夠成熟吧？不知道外面世界，不知道其他的異性，不知道沒有彼此會是怎麼樣的。什麼，都不知道。

於是乎，熬過了基測，熬過了學測，卻終是死在了遠距離。

「我們還會是朋友。」他說。

「當回朋友，我們就不會再吵架了。」

「我不想天天回來，都還要吵架。」

「好。」我回答。

「我答應你，我們先當回朋友，不吵架了。」

「不吵架了。」

答應他後不久，又講了幾句，他便掛了電話。倏忽，寒夜裡的寧靜湖畔，又恢復了死寂般的安靜。

嗯，這裡剩我一個人了，陌生的小鎮、陌生的學校、陌生的深山、陌生的感情、陌生的他。

走回寢室，連洗澡的力氣都沒有，我便倒上了床，望著漆黑的天花板，出了神。直至恍惚間失去意識，翌日中午，才逐漸醒轉。一睜眼，我本能地立刻伸手點亮手機，連眼鏡都沒有想拿的慾望，便貼著螢幕想尋找他的訊息。

沒有，他沒有再打來了。

這次，他是真的想走了。

我將手機拋到一旁床鋪上，怔怔望著已空蕩蕩的寢室，輕輕摸了摸自己的臉頰，乾的。

我哭不出來，我這麼愛哭的女生，竟然哭不出來。好好笑喔，以前什麼都能哭，總是用哭逼著他來哄我。他真走了，卻反倒沒眼淚能哭了，我是不是真的，好好笑喔？

　　五年感情的結果，交友圈幾乎完全重疊，可我們誰也沒有想去撕裂朋友的意思，就默默避開朋友的追問，像沒事一樣，仍和他們出去玩。

　　「好險～妳很大方欸！」

　　「我一直以為妳會沒辦法接受。」他如釋重負地說。

　　「靠北，我有這麼弱嗎？」我笑著打他。

　　我有。

　　直到他重新又有喜歡的女生，我才發現我很遜，在交往紀念日當天，我坐車去了高雄找他，剪了他說他喜歡的頭髮，擦了他曾經誇過的唇色，穿了他為之驚豔的衣服，我想挽回他。

　　我不鬧了，真不鬧了，你需要空間我明白，對不起，之前都是我不夠信任。我答應不會再用哭解決問題，動輒鬧小脾氣，以後有事就會直接說，你想要知道什麼我都跟你說。一定、一定不會再讓你累，不會再讓你不想要我。再讓你，只想跟我當朋友。

　　我在心裡一遍又一遍排練著台詞，假設著各種可能碰到的情況，幻想著他能在西子灣夕陽下再次吻我的結局，可等著我的卻是他原來已經有了新的對象。他就牽著她，漫步在我曾和他漫步的地方。

　　呵……

　　嗯……

　　很久以前呀，其實我就明白，我的青春早已落幕，隨著學測終結，便也隨著各自西奔的好友們結束。

　　可是啊，當看到他牽著她的那刻，我才陡然意識到，我的青春死了，心裡有一塊死掉了。不想再打擾，我轉身便又走回捷運站，想搭車回去，在捷運行進時，我收到了他的訊息：

　　「對不起，沒有跟妳講。」

　　「我怕如果跟妳講了，我們會失去好不容易才又不尷尬的友情。」

　　「以後不要再來了吧，對不起！」

　　當天晚上，他就刪了臉書和 IG 好友，退了所有的追蹤。

　　連小帳，都退了。

　　「剛剛發現你退掉我的時候，忍不住還是哭了。」

　　「對不起，我知道我很煩，都分手了，卻還在打擾你。」

　　「我只是想問……我們，真的還是沒有辦法當朋友嗎？」

　　「就連普通朋友都不能當了嗎？」

　　「嗯，對不起，看到妳發文，我會忍不住想點進去。」

　　「那些是想發給你看的。」

　　「我知道，所以不能再追了。」

　　「抱歉，我已經有她了，沒能經營好和妳的感情，是我的錯，可我至少不能再辜負一個女生。」

　　「我這裡也要封鎖了，希望妳也能早點幸福。」

　　成為他下任的女孩，瘦瘦小小的、很可愛，笑起來很甜，一點都不像我。

也好，不然我總亂猜他的下任應該會很像我，畢竟我們影響彼此這麼深，他怎麼能忘記？多少還是會有我的影子吧？可我又想，如果很像我，那憑什麼不是我？到底憑什麼？

　　在他之後許久，我又談了一次戀愛，仍是以分手收尾。

　　後來有一天，我才發現，自己好像無法再喜歡人了。不知道是不是，人吶，在受了幾次傷之後啊，再遇到有好感的人，心中的小鹿也不願再跳了。

　　哭著，舌頭邊輕輕舔拭尚未癒合的傷口。

　　「不要再讓我跳了，好嗎？」

　　「對不起，我好累！」

　　「太痛了，對不起，真的太痛了！」.

　　「我好怕，我們不要跳了好不好？」

　　「好不好？」我哽咽地說。

　　大四這學期開始學校已經沒什麼課，可能我本來就是個無聊的人，避開跟國高中老友聯絡後，生活就更封閉了。每天不是去上課，就是去打工，娛樂僅剩滑滑手機。想一想，其實明明也才二十二歲呀。可總覺得，好像就這樣了，越來越懶得動，回家就是耍廢睡覺，連想主動找人聊天的力氣都沒有。認識不到人，又不想違背本性回應沒好感的男生，老活在封閉的小小世界中。像我這樣的女生，大概，真會孤單一輩子了吧？

　　有時候呀，還是會忍不住想起那個從前。以前吶，喜歡一個人總好像很簡單。他願意對我好，他願意心疼我，他願意陪我聊天，他願意為我付出。有好感，

便喜歡。可也許大概人都是總要成長。有天再猛然回頭，就什麼都變複雜了，喜歡變成好困難好困難的事，怕他只是玩玩，怕他忍受不了我的脾氣，怕他這次又會走。

怕，有一天，會連朋友都再當不了。可能，我們終是都長大了，都在驀然之間，複雜了。

許久以後的一天，我睜眼看到你又一次牽起我的手，輕聲想挽回。

我點了點頭。

開心地醒了過來。

終於有那麼一天，你不再是我的盾牌，

可，你卻仍是我的軟肋，

還是我最脆弱的那塊。

東京到台北的距離

「你喜歡什麼類型的女生呀?」曖昧時,我問過他。

「跟妳一樣,有雙會笑的眼睛,我不知道該怎麼說,但總覺得妳的眼睛會笑,看久了會不小心入迷。」

我們交往五年後,有天我又問了他同一個問題。

「你喜歡什麼樣的女生呀?」

「喔,胸大的。」

「瑤瑤就不錯。」他補充道。

我知道聽起來白癡,但他這個轉變,其實讓我很感動。剛要在一起時,他太急著想證明他跟我前男友不一樣。

當時,我大四他大二,我已經準備要去日本筑波大學念書,所以雖然有火花,但我並不打算跟他在一起。被前男友傷太深了吧!從國中就在一起了,大學也只有台北跟中壢的距離,他就背著我偷吃了三次。

確切說,我有抓到三次。

最後一次他來哭著求我原諒,要不是閨蜜拉著我,警告我若再心軟跟他復合,她就跟我絕交,我搞不好還是會原諒他。那段時間,反覆在眼淚和理智中掙扎,真的把自己搞得就好像在為他守寡一樣悲慘。好不容易走出來,我只想管好我的未來,戀愛什麼的算了吧!

「妳不喜歡我嗎?」出國前夕,在我和他講完想法後,他這樣問。

「有喜歡,但那又怎麼樣呢?又不是有喜歡就能在一起。」

「為什麼?」

「現實呀,我跟前男友從國中就在一起七年耶,也才多遠的距離,都撐不

下去了，何況跨國。」

「他跟我有什麼關係？」

「為什麼因為他做的事，我就不值得被信任呢？」

他講得不急不徐、不亢不卑，理直氣壯得讓我一時語塞。

「也不是這樣說，你才大二，也很多好女生喜歡呀，有這麼多選擇，幹嘛喜歡我一個老妹。」

「我就喜歡妳呀，不行嗎？」

「……」

「我不管，如果妳說妳不喜歡我，我二話不說就放棄，我是喜歡妳，但我不許我的喜歡變成妳的困擾。」

「可妳都說有喜歡了，憑什麼不能給我一次證明的機會？」

「如何，妳能看著我的眼睛，對我說妳不喜歡我嗎？」

他一動不動地凝視著我，眼神裡滿是委屈跟果決。

望著他，我還真說不出口。

直到他吻過來，我都說不出口。

在準備去日本念書前的那幾個月，他真的信守承諾，把我捧在手心疼。

「老公～我要去登機囉，可有點捨不得你耶，怎麼辦？」

我才剛說完，他就伸出一隻手把我的下巴抬起，直接強吻過來。

「這裡走到海關前，應該還有三十秒吧？」他在我耳邊低語。

「我可以抱著妳過去三十秒。」

說著，他竟真的把我公主抱起來，要走過去。

「欸欸欸欸，這裡很多人耶，別鬧啦！」

「行李行李，行李你沒拿啦！」

我就在眾人注視禮之下，很羞恥地被他扛到入口，他再跑回去把行李給拉過來。

到日本後，每一天，他都會拍一張台灣的照片，有時是食物，有時是風景。有時，甚至是我們約會過的地方，他會特別跑過去，假裝我還在他身旁那樣拍。

「怕妳想家嘛！」我跟他說你也不用這麼累時，他這樣回我。

「你這樣只會害我更想啦！」

「那那那……」

「那那那？」

「妳讓我想想怎麼辦？」

他真的想了。

他用自己打工存的錢，飛來筑波找我，要給我驚喜。但不知道該說他笨還是太勇敢，什麼準備都沒有，也沒跟我先說。好不容易到我學校了，才想到他手機在日本又不能說上網就上網，他也不知道可以去租，一句日文都不會說，也沒有我在當地的號碼。我們學校可是全日本面積最大的校園啊，怎麼找呀？他也是天才，憑著我給過他的照片按圖索驥，用一口破英文搭配手寫漢字，沿路問他拖著一整箱的台灣名產，問個人就送個鳳梨酥給對方，還真被他找到了我住的地方，他就守在門外等，一路從下午兩點等到了晚上七點多。

當時，外頭已在飄雪，我看他一個人任憑雪花落得滿身，仍孤伶伶守在門

口時，我還心想：哇！這男生好像我男友，身形像，連會做的事情也很像。

「嗨！」

「你怎麼會在這！！」不誇張，確定是他後，我尖叫地衝向他。

「我把台灣帶來給妳了。」

語畢，他打開了他那滿是台灣名產的行李箱，裡頭全是我愛吃的、跟他說過我想念的食物。

「你真的很笨，你怎麼可以這麼笨啦！」我緊緊抱著他，眼淚卻怎麼也止不住。

「哪有，我覺得我滿聰明的耶！」他得意洋洋。

「你找不到我怎麼辦啦！」

「那就當作國民外交呀，至少日本人都會知道台灣食物很好吃。」

「白癡！」

他總喜歡把話說得瀟灑，好像他為我做的一切都是理所當然，不必放在心上。

可是呀，走的那天，他卻哭了。

是同學跟我說的，她說她跟我男友搭到同班車，我送他上車後，他就一個人坐到角落的位置，頭靠著窗，眼淚一直掉，沒有聲音的一直掉。

「坐到東京整整一個多小時的車程，他眼淚都沒有停過。」

「萱醬妳真的是很幸福的女生呢！」她跟我說。

我微笑地跟對方說了謝謝，然後默默走到浴室，把水開到最大，坐在地上失聲痛哭。

他一直太用力愛我了，從不懂得為自己保留些什麼，所以在他也可以對我開開玩笑，可以對我說他心裡真實想法時，反而更讓我感動。

　　今年六月，是我們交往第七週年紀念日，他跟我聊到工作，覺得目前待的公司沒前途，想換一家。

　　「那你辭職。」我跟他說。

　　「可還不知道能不能跳槽成功……」

　　「沒關係，我賺得夠多，我養你。」

　　我拿出準備好的戒指盒打開，放到他面前：「我把自己帶來給你了！」

　　笨蛋，娶我吧，你這麼笨，我才不放心你一個人活。

　　從此，你的餘生都我的，只准是我的。

　　吶，我把台灣帶來給妳了。

長不大的嘴砲爸爸

「還記得你說家是唯一的城堡，隨著稻香河流繼續奔跑，微微笑，小時候的夢我知道……」

　　當〈稻香〉這首旋律在腦海中響起時，請問你想起了誰？是牽牽小手的青澀？是 KTV 裡的大合唱？還是什麼樣的曾經？

　　我想起的，是爸爸。

　　爸爸很晚才有了我這個女兒，我們年紀差距不少，不過他真的是一個潮爸，比我還早知道一些流行語，線上遊戲從最早的天堂、石器、RO 開始，就是他帶著我打。而且，他無敵愛嘴砲的。

　　「爸，你有空嗎？」有次回家路上我傳訊問他。

　　「沒空沒空，超忙的。」

　　「好吧，我只是想問回去要不要順便幫你買吃的？」

　　「沒有要錢喔？」

　　「沒有＝＝」

　　「哎呀，我突然都忙完了，原來是我的寶貝女兒要回家，早說嘛！那多買一點，老爸很餓。」

　　「……」

　　這種事蹟多了。

　　小時候，因跟他長不像，一度以為自己是撿來的。他非但沒解釋，還開車載我去一處堆滿瓶瓶罐罐的回收場，指出具體位置。

　　「妳就是從這裡撿來的喔！」他鉅細靡遺地描述當天的過程，我如何在被送去焚化爐之前被他救出來，直到我聽得哭了，他才邊哈哈大笑，邊被我媽罵

神經。

　　有次國一開家長座談會，全班就我家沒去，導師特別打電話關切。

　　「我先生沒有去？」我媽一臉茫然，她有特別叮囑爸爸要去啊。

　　「沒有耶！」老師說。

　　等我爸回家後，她問：「你沒去家長座談會？」

　　「我有去呀！」我爸一臉委屈。

　　「可他們學校門都是鎖的耶！」

　　一問才知道，他跑去我國小了，真的 Hen 棒。

　　還有還有，高中有次他電話來說要借用我的電腦。

　　「喔，用啊！」

　　「密碼是什麼？」

　　「我生日，西元組合。」

　　電話那頭沉默了整整十多秒。

　　「呃……所以是什麼？」

　　乾。

　　許多時候，我都會覺得他就是個小孩，不小心被困在大人的軀體內而已。他尤其迷周杰倫，迷妹式的瘋，所有專輯都買不說，書房貼滿周邊，車上永遠有周董的歌曲無限循環播放。

　　「這是我們這種十幾歲小女生在迷的吧？」我笑過他。

　　「所以勒？」

　　「你不覺得你一個五十幾歲的人，跟我一起去演唱會跳上跳下很丟臉喔？」

「不會啊!」

「為什麼五十幾歲就不能追流行,追喜歡的東西?」

「我一直在追流行,聽我喜歡的歌,我只是始終如一地喜歡我喜歡的東西,沒變過而已。」

「人為什麼一定要變呢?」

那時候,台中空汙還沒這麼嚴重,火燒雲與橫條交錯的藍,將天空染得通紅絢麗,好似有些許橘紅的碎片,悄悄灑落在他略帶惆悵的臉上。

看著那張臉,我啞口無言。

可他終究無法永遠年輕,退休後隨著年紀漸長之後,開始有些失智的情況。起初並不嚴重,只是會忘記生活中的一些小事,好比:不知今天幾號、吃飯沒、搭公車下錯站、忘了沒有帶鑰匙、自己走進房間要做什麼。每次他都打哈哈過去了,我們也沒有察覺到什麼異狀。直到他開始性格大變,不再喜歡出門,不再熱衷本來喜歡的事物,甚至講話詞彙越來越混亂,產生幻覺,我們才驚覺不對,逼著他去看醫生。

「醫生有可能嗎?他才六十六歲啊!」候診間裡,媽媽急切地問。

「機率比較低,但是有可能的。」

爸爸在一旁靜靜坐著,對醫生說的話,似乎沒有放心上。

「爸,你還好嗎?」回家後,我去書房找他。

「嗯,很好啊!」他對著我溫柔地笑了笑。

「真的?」

「假的。」

「喔～好啦！別那張苦瓜臉啦，看著怪難受的。」

「來～笑一個給爸看！」

我努力擠出一個露齒誇張的笑容。

「對嘛，這才是我女兒。」他捏了捏我的臉頰。

「欸，女兒……」在我準備退出書房前，他突然出聲問。

「嗯？」

「妳知道爸爸最怕的是什麼嗎？」

「是忘記妳跟媽……」

「所以……能不能，不要讓我看妳們擔心……」

「我想趁我還能記得時，盡可能記得妳們的笑臉，記得妳們開心的模樣。」

「我不怕死，真的不怕，我這輩子足夠精采了！」

「可我好怕忘記妳們，好怕有天會想不起來妳們的名字，好怕有天會忘記妳們的笑臉。」

「我好怕，真的好怕……」

那是我記憶裡，唯一一次看到爸爸哭了。頭髮斑白的他，雙手靠在書桌上摀住臉，跟個小孩似的嚎啕大哭，一顆顆眼淚從手指的隙縫中流溢而出，落在衣襟、落在書桌、落在地板。

那天仍舊是來了，他逐漸連身旁的人都不認識，口語能力幾乎喪失，只剩如幼童般咿咿呀呀地簡單語彙能力。在發現失智後，他花了很多時間記錄自己的故事、留下日記，直到他再無法那天。我才知道，我還真不是他親生的，是媽媽和前夫生的小孩，他卻視如己出；才知道他是被家暴長大的，年輕時靠當

長大剝奪了我們哭的權利，
卻又忘了給我們副能抵禦所有的盔甲。

說到底，長大後，
面對的傷害遠比兒時更殘酷。
我們，其實比孩子更需要被安慰。

學徒起家,到擁有自己的修車廠;才知道,他如此渴望實現童年的夢,想要一步步成為小時候夢想中成為的那個人。

「可是啊……」他寫道。

後來,那些夢想全失去了光芒。現在只想當一個普通人,有自己的房子,有太太在身邊,有女兒可以抱。

「人生足矣」是日記中的最後一句話。

上個月,搭配周杰倫地表最強演唱會,電視播了〈稻香〉片段。旋律剛下,他竟激動地咿咿呀呀起來,明顯有反應。我跟媽見狀很開心,趕緊打開平板找出這首歌給他聽。他伸手一把將平板搶去,高舉著瘋狂揮舞。

「琪琪喜歡,琪琪喜歡,琪琪喜歡……」

他沒有忘記。

他忘記了所有,都沒有忘記我的名字。

「不要哭讓螢火蟲帶著你逃跑

鄉間的歌謠永遠的依靠

回家吧,回到最初的美好。」

——〈稻香*〉

*編按:出自周杰倫詞曲作品〈稻香〉

好姊妹

　　我跟她是同族，不同部落的。其實彼此父母是認識的，不過畢竟部落跟部落間有點距離，我們小時候也只有在比較大型的共同祭典聚會中玩過幾次，直到一起上了同間小學，才真正成了很要好的朋友。校車都是同個方向的，她的部落先到，接下來我的，她知道我怕暈車，所以都會給我佔個最前面的位置。她很愛吃我媽媽做的東西，所以早餐我都會把自己的分一半給她，後來媽媽知道後乾脆連她那份都做。

　　當時福利社還出了一款要密碼的筆記本，我跟她就從互換貼紙簿，到輪流寫交換日記，每天都在討論什麼玩偶遊戲、小紅帽恰恰、小魔女 Do Re Mi 的劇情。我們什麼零食都共享，那時有個糖果叫口哨糖，用力吹可以發出逼逼的聲音，我就跟她比賽看誰吹得大聲，結果她吹到把整顆連口水都噴到我臉上。

　　我爸爸是在山區幫人種檳榔的，家境其實很不好，從小到大，我都沒有穿過任何新的衣服、鞋子，全是繼承姊姊，或別人家不要的衣服穿。直到我在國小運動會中，跑出我從來也沒想過的好成績，入選進田徑隊，爸爸才專程到市區幫我買了一雙 Nike 的鞋子。收到人生第一雙新鞋，我開心極了，覺得穿起來都走路有風，恨不得給全世界都看到。沒想到，當時學校裡有個也不知道哪來的奇怪傳統，看到新鞋就要踩一下。我哪肯，拚命地躲所有人，沒想到卻因此被同學攻擊，說我都不合群，一雙新鞋了不起啊。

　　到後來，越講越狠。

　　「那雙破鞋哪有什麼，我早就有了，都過時的款式了啦！」

　　「我昨天看到好像是店裡在打折的過季品，也不知道在捨不得什麼，不要理她啦，不要跟她玩了。」

我聽完哭了。

那是我爸爸存了好久的錢，工作到雙手都破了，才買給我的；那是我爸爸第一次沒有帶任何人，專程騎車載我去市區，就給我一雙雙挑的鞋。

「我女兒這麼厲害呀！」他聽到我贏得比賽後，微笑摸著我的頭。

「那爸爸也得加油才行，等月底給妳買新鞋子。」

「真的嗎！？」

「爸爸騙過妳嗎？」

「有啊，很多次，像上次說要給我買珍珠奶茶，還有再上上次……」

我嘟起嘴。

「好啦好啦，這次不騙妳，保證！」他害臊得搔搔頭。

「那我要打勾勾……」

「好，勾勾！」

那陣子，他為了給我買鞋，多去打了好幾份零工，我都看在眼裡，你們憑什麼說他買給我的是破鞋子，憑什麼？

看到我氣哭，她比我更生氣，衝上去就揍說這句話的男生，結果弄到雙方家長都來學校，她媽媽不斷跟對方道歉，她自己也在回家後被揍得半死不活。

「對不起……」

我看著她被打得一條條紅印的手心，愧疚地說。

「有什麼好對不起的，又不是妳的錯。」

「可是，是我害的。」

「那不然……妳請我吃一條口紅糖？我要草莓口味的喔！」

「成交！」

我笑了，她看到我笑，也才放下心來。

　　記憶中，我唯一一次跟她吵架，是在小六那年。那時，電子雞正流行，剛好我比賽贏了，有一小筆獎金，上繳給家裡前，我偷偷留了一部分去買。想當然會跟她分享，我印象非常清楚，當時是週一，我給她先玩。可沒想到的是，她在上課時偷玩被抓到，被老師沒收了，她拚命向我道歉，解釋說她看到顯示餓了，怕它會餓死才偷用的。可畢竟我才剛新買，自己都沒玩到欸，就這樣沒了，心裡還是有點氣。

　　就那天，也就那天，是我唯一一天坐校車時，故意賭氣不跟她一起坐。到家時我氣早就消了，打算明天就去跟她和好。

　　但，隔天週二，是九月二十一日。

　　一九九九年，九月二十一日。

　　地震後，學校沒了，村子沒了，家沒了，她也沒了。我哭著哀求父母帶我去她的部落找她，看能不能找到她。爸爸搖搖頭告訴我：「沒有了，她們家是全倒戶，找不到了，連完整的遺體，都找不到。」只剩她在外工作的爸爸逃過一劫。

　　然後啊，十八年，就過去了。前幾天，我結婚了，她爸爸也有出席。

　　「恭喜！」

　　「謝謝！」

　　我才說完，他眼淚就掉下來了。

「伯父？」

「都這麼大了啊⋯⋯」他喃喃自語。

「如果她還在，是不是也會跟妳一樣美呢？」

「啊，對不起，妳看我這嘴巴，大喜之日亂說些什麼呢？」

「伯父⋯⋯」我走向前抱了抱他。

「沒關係，沒關係的。」

「我好想她⋯⋯」他突然哽咽：「對不起，我還是好想她⋯⋯」

「我真的好想她⋯⋯」

伯父已年近六十，卻無助地嚎啕大哭。十八年吶，已經沒什麼人記得這場地震，也沒有人會再提起她的名字了吧。

可是，每當提起好姊妹，我第一個想到的仍然是她，好像這些年，她其實都沒有走，她活在我的記憶，活在我的心裡。

那天夜裡，我又夢到了她。

在夢中睜開眼時，她笑著對我說：「妳醒了呀！」

「我們和好，好不好？」

「我不生妳氣了，我們和好，好不好？」我看到是她趕緊說。

「那這次我也還妳一支口紅糖，可以嗎？」

「成交！」我破涕為笑。

那真的是妳對不對？

妳知道我結婚，特別回來找我了。

對嗎？

有時候，我會想像我還站在教室門口等你的場景，

柔和的陽光輕灑在你燦爛的笑靨上，任憑微風稍微撥亂了髮，

我們佇立對望著，

不用說話，都很美好。

親愛的弟弟

　　有個弟弟是什麼故事？有過的就懂，超級煩的故事啊。真的很奇怪，明明小時候挺可愛的呀。

　　我仍記得爸爸高高抱著我，透過醫院的玻璃窗，指著其中一個保溫箱說，那是弟弟喔，妳當姊姊了。

　　看著他圓嘟嘟的，輕閉著眼，如娃娃般朝天還不時在踢動的小腳，我驚呼：「好可愛！」

　　「是吧？」爸爸得意地笑。

　　結果呢？尼瑪全是幻覺，可愛才幾年而已，翅膀才稍硬一點，立刻變臉。

　　「是誰把廚房弄得亂七八糟的？」媽媽一回家，看著杯盤狼藉的廚房，立刻把我跟弟弟叫過去。

　　「是阿布！」我跟弟弟已經私下約定好，等媽媽回來，就把錯全推給阿布，我家養的狗。

　　「是嗎？」

　　「誰先第一個說實話，就可以吃布丁喔！」

　　「是姊姊！都是姊姊說什麼她要做做看炒蛋，才弄得一塌糊塗的。」

　　為了十塊錢的統一布丁，弟弟沒遲疑一秒就把我賣了。

　　「靠，是為了誰說肚子餓的！」

　　「媽！姊姊罵髒話！」

　　「媽！姊姊亂打人啦！」

　　弟弟根本就是一個會跟妳搶遙控器，偷拿妳撲滿裡的銅板，去租書店亂花妳儲金，還會把妳藏在冰箱的食物給全部吃掉，也沒半點愧疚感的可怕生物。

只有偶爾嘛，考試考差了，不敢給爸媽簽名，才會來哀求我假裝代簽。

「姊姊，可以幫我簽嗎？」

「唉呦，平常囂張呢，為什麼我要幫你？」

「拜託嘛！」

「說親愛的姊姊，求求妳，幫我簽！」

「親愛的姊姊求求妳幫我簽。」他不甘心，飛快地唸道。

「誠意呢？來～大聲點，再念一次！」

好吧，總之有個弟弟，除了偶爾能欺負他外，基本上沒啥好處。

「喏～」在我要上台北念書前夕，他遞給我一個信封。

「幹嘛？」

「自己不會看喔！」

我打開一看，裡頭放的，是兩張五月天的演唱會門票，價值上千，而且難搶。

「拿去跟朋友看！」他擺擺手。

「哇，你是我弟弟嗎？真的假的，是不是什麼陰謀啊？」我忍不住走過去，捏了捏他的臉，再加碎嘴幾句。

他卻反常地沒有回嘴，只淡淡說了句：「嗯。」

「欸～你幹嘛？」

「沒有啊！」

「就……妳去台北後，會有點想妳。」他撇過頭。

「哭屁喔，送妳票也要哭，我打工很久存的耶，妳不要算了！」

「妳不要哭啦，煩死了！」

「妳哭會害我哭啦，不要哭，行不行！」

那天起，我們的感情變得很要好。他開始會跟我分享心事，他喜歡上的女孩如何，他跟朋友處得如何，他的未來打算如何。我才知道原來這個弟弟，有著遠比想像還要複雜的細膩心思，也更成熟。在我失戀時，他一個高中生蹺了整天課，從高雄坐了近五小時的客運來台北，只為了陪我聊聊，晚上就回去；在我生日時，他一個唇膏跟唇蜜啥差異都不知道的男生，竟精挑細選了 SUQQU 送我；在我失業時，他一個什麼也不懂的小屁孩，打了長篇大論的安慰話，說他相信我，只憑我是他姊，只因我是他姊。

到他都躺病床上了，也仍是如此。猛爆性肝衰竭，醫生說。弟弟應是血管病變導致，同時會併發腎衰竭、呼吸衰竭、腦水腫等。死亡率很高，關鍵在能否得到移植，否則目前只有支持性療法。

「嗨，妳來啦！」見到我，卻還一副沒事樣。

「你到底怎麼把自己搞成這樣的？」我紅著眼。

「我也不知道啊！」他苦笑。

「不用擔心啦，我是誰，死不了啦！」

那些在醫院的日子，我們從早到晚，聊了許多，他還是一如既往地嘻嘻哈哈，一副他這麼年輕，絕不會有問題的樣子。直到，醫生如法官宣判般說出剩下多少日子為止。醫生離開病房後，他半身靠著床，怔怔看著窗外失了神。爸爸拉著媽媽出去，不停安慰著，說這時要為他堅強起來，卻仍能從遠處依稀聽到媽媽的哭聲。

「欸，姊！」

良久，他才突然打破沉默：「一個二十二歲的男生怕死，是不是很丟臉啊？」

「好像……有點齁？」

我緊抓住他的手，卻說不出一句話。

一句話，都說不出來。

弟弟身上插滿管子，醫院空氣又很乾，嘴唇裂到有些出血，也僅能用棉花棒沾水，勉強碰一碰舒緩，我們也從說話改成用手機打字聊天。

「姊，妳去台北那天穿的白色連衣裙，還留著嗎？」

「留著呀，怎麼了？」

「妳下次來看我，可以穿那件衣服來嗎？」

「可以啊！」

「我覺得那件真的很好看。」他給了我一個大大的燦笑。

可來不及等到下次了。在最後，他緊抓住爸爸的手，抓到發紅，我爸爸卻仍是笑的，不停鼓勵著他，直至心電圖化為一條平線，爸爸才愣了一愣，溫柔地輕摸了摸他的頭，說聲：「孩子，辛苦了。」而後，緩緩倒坐在一旁的椅子上。從無聲，到泣不成聲。

弟弟在手機裡，留了一份上千字的遺書。

他說，他會喜歡五月天，完全是因為我。

他說，送我演唱會票，其實是希望我能帶他去聽。

他說，我沒找他，但他沒有後悔，因為也是從那時開始，我們才能交心。

他說，雖然我又不溫柔、又霸道、又愛吃，但那天穿白色連衣裙，感動到

哭的樣子，很可愛。

　　你還記得五月天演唱會上，阿信對全場說打給最在乎的那個人，讓你的溫柔能被聽到嗎？

　　那場，我也去了。燈光霎時轉為一片暗，一點又一點的微光，若繁星匯聚成了銀河，熒熒閃耀。

　　我打給了弟弟：「嘿，跟你說，姊帶你來聽五月天演唱會了。」

　　語音信箱應該還是能聽得到齁，票不便宜耶，別枉費我買了兩張最貴的位置。

　　還有呀，姊要結婚了，婚禮記得來。

　　我現在長大了，溫柔很多，不會再亂打人、亂欺負你了。

　　給個面子，回來坐坐吧！

　　姊姊，再穿一次白色連衣裙給你看。

　　好嗎？

沒有青春期的女孩

我是個沒有青春期的女孩。

我有朋友，能見面打招呼，能下課聊聊的朋友，可心知肚明最多僅是比點頭之交再好上一些些，無法交心的朋友。我念的高中是一間公立學校，男女都有。可我的生活就是上課、讀書、補習的重複循環，從沒蹺過課、沒瘋過社團、沒參加過什麼活動。

事實上，我的高中生活，什麼也沒有。填了一間離家近的學校，穿上了制服進去，天天上課吃飯、上課吃飯。考完了學測，拍了畢業照，參加了畢典，就結束了。

記得有次跟朋友一起去電影院看《我的少女時代》，她們一個個哭得淅瀝嘩啦，出了電影院仍熱烈討論著剛剛的劇情。問到我的想法時，我卻只有無言的尷尬。因為我對裡頭的劇情，一點，就連一點點共鳴都沒有。談起高中，我能回想起來的，只有深深深幾許的排列組合、只有無數次被擦掉又畫滿的黑板、只有那飛舞在空氣中，一點點的細碎塵埃。我曾問過媽媽，我能不能把頭髮留長一點，想去燙微捲，用我在補習班贏得的獎學金。她看著我端詳了一會後說：「為什麼？短髮不是很方便嗎？幹嘛浪費錢？」

「可是我用的是我自己的錢……」

「什麼叫妳自己的錢？妳以為妳的錢哪裡能賺的？這什麼話？」

「嗯，那算了！」

我用力抓緊了制服裙襬的兩側，沒有再多說什麼。我說不出來，因為暗戀的男生跟我提過他喜歡的女生，而那個女生，正是這髮型。想想也滿可笑的，就算我也變長髮了，難道他就會喜歡我嗎？當時到底又在委屈、難過些什麼呢？

　　外表好看的才有青春吶。像我這種路人，還膽小，連朋友都不太敢交的女孩，是哪來的青春能談？到大學後亦然，和男生幾乎沒什麼打交道的經驗，該聊些什麼都不知道。都到了二十幾歲，依然說不出我最喜歡的事物，我不知道我有什麼興趣，不知道我的最愛是什麼，連問我最喜歡的電影是哪部，我都答不上來。別人說的悸動、牽手、親吻、失戀，這些對我都只是字面上的理解，從電影、戲劇、文字、別人訴說而來的理解。當了一堆其他女孩的感情訴苦對象，給盡自己以外所有人的愛情意見，自己卻從沒碰過。

　　一次，都沒有。

　　即使好不容易遇到感覺有那麼一點點可能的，第一反應卻是不由自主的害怕，怕一不小心弄糟了一切，怕深陷下去不會有結果，怕改變自己現在的狀態。

　　想把盔甲脫下換上長裙，難。

　　真的好難喔。

　　究竟怎麼會難得讓人這麼想哭？

　　從小到大，我一直在扮演小大人，我要懂事、我要用功、我要努力，不能給其他人帶來困擾，盡力去對別人好。可我一點都不快樂呀，我只是把所有的哀怨、所有的委屈、所有的不滿，全死壓到心底去而已。

　　大四那年，我約了一個喜歡很久的男生去五月天的演唱會。他是我的直屬學長，稱不上帥，可待人極為溫柔，同是會把別人放在優先於自己的性格。看著他，總是覺得好像也看到那一絲自己的影子。可惜他在大學時期一直有對象，直到畢業前夕失戀找我哭訴，我們才開始經常聊天。這一聊，就是五個月，跟

異性史無前例最久的一次，也是唯一一個我覺得能訴說心事的男生。我們單獨出去看過電影、吃過飯，氣氛很融洽。於是我下定決心第一次主動、第一次勇敢、第一次想為一個人去打破所有。

　　就是這個男生了吧？我想。

　　這麼好的男生，大概再也找不到了吧？

　　我不想再揹著盔甲了，盔甲太重、太累，我想趁這次找機會告白。五月天在台上奮力帶著全場的氣氛，四處都被尖叫聲淹沒，而他就站在我身旁，站在離我一手臂都不到的距離。

　　忽然，樂風一轉，氛圍轉為平靜。阿信對著全場說：「接下來要唱的是〈溫柔〉，請拿起手機打給你喜歡的那個人吧，讓你想傳達的溫柔能被聽到。」周圍一個個人都掏出了手機，包括我身旁的那個他。

　　他打給了他的前女友。

　　「走在風中，今天陽光突然好溫柔。天的溫柔，地的溫柔，像你抱著我。」*

　　阿信在台上輕輕柔柔地唱著，還不時中斷，讓全場一起合唱。

　　「不知道，不明瞭，不想要，為什麼，我的心明明是想靠近，卻孤單到黎明。」*

　　學長聲嘶力竭對著手機裡的那個她喊著，唱到我給你自由時，唱到眼淚都掉了出來，卻仍哽咽著唱到底。他跟我說：這是他們的定情歌，兩個人都很愛；他跟我說：這首歌是他的青春，陪伴著他從國中走到大學畢業；他跟我說：她聽不到也沒關係，至少他守住了承諾。於是也就在那一刻，我的青春戛然而止。

　　「那妳打給了誰呢？」結束後，他問我。

　　「秘密。」我笑笑。

「哪有這樣的，我都跟妳講了耶！」

「不理你！」

我打了一一七，在發現我不能打給你後。

這句話大概一輩子也無法對他說了吧。

前陣子，朋友來我家玩，她對我說：「哇，沒想到妳房間竟然這麼少女耶，看不出來喔！」

我才驚覺，真的。什麼時候開始，我買了這麼多毛茸茸的娃娃，到處都是卡通小玩意、粉色的裝飾；不知從什麼時候開始，我也開始化妝，開始買衣服，開始喜歡上當一個女生了。我好想回到從前，跟那個還身穿制服的女孩說：「知道嗎？有一天妳也會被稱讚很少女耶！」

知道嗎？只要稍微打扮一點點，妳同樣能變美，不是永遠只能這樣。

知道嗎？其實妳是會有人喜歡的，還是有人會走進妳的心底，還是有人願意愛妳。

一轉眼，好多年過去了。現在的我，終於有獨立的經濟能力、有個愛我的男友、去了所有曾夢想的地方旅遊。有了一切當初曾渴望的事物。

我是個沒有青春期的女孩，可我還留著少女心。

我喜歡我自己。

在你苦思數學時，里昂廣場正為金黃銀杏所成的地毯鋪滿。

在你煩惱英文時，東京櫻花飄散一片的粉紅正搖曳著落下。

在你背誦國文時，七彩絢爛的極光正在北歐的黑夜中閃耀。

在你努力向前時，別忘了，那些你想要的生活，也正一步步朝你走來。

一個還願向前踏，還對未來有各種美好盼望的人，是無論如何也不會輸到哪裡
去的。

*編按：出自阿信詞曲作品〈溫柔〉

願你的深情，能被溫柔以待

長期單身的人，該如何脫單？

　　仔細觀察一下身邊長期單身的人，他們的狀態通常是這樣的：逢年過節會嘴巴上喊喊說要脫單，在看到成雙成對情侶出沒時心裡也會羨慕個幾秒。但實際上，周遭並沒有能心動的人，就算有，第一反應也是覺得不可能，什麼行動都不會有。說好聽是寧缺毋濫，實話卻只是連想將就都沒得將就，常嘲諷自己大概要魯一輩子了，心裡卻仍默默企盼著那渺茫的一絲可能。

　　最明顯的，就是他們有一種信念：「一個人如果夠在乎，他就會主動。」於是就算想找對方想得要死，只要對方不主動，忍到眼睜睜錯過，心裡難過要死，都不會吭一聲，還會突然不敲來試探對方會否因此主動，卻得到總是自己缺不了對方的結論。

　　別把問題都推給外表，外表好看到能等主動的本就不多，若缺乏外表就談不到戀愛，早就被基因淘汰了，哪來在煩惱這問題的你？真正問題還是在心理上，很多人都有種誤解，以為感情是跟水類似，所以渴了，喝水就好。No，現實是多數缺愛的人，會朝讓自己更缺的路上走。我看過眾多被傷過的男女，在面對下一段感情時，他們會傾向去比較。

　　具體來說：很喜歡問對方愛不愛自己、多愛、排第幾？為什麼你要吼我？有你就有，你聲音很大！關門為什麼要這麼大力？晚安為什麼說得這麼快？在他們心裡，無時無刻在進行著比較，追蹤數、對方一舉一動，全是比較的標的，甚至到一個程度，即使是分手了，都會想我要過得比前任好，憑什麼前任幸福我沒有？

　　要如何評判自己是不是這種人也很簡單，反思一下你是否有過：「你沒主動找我，所以我想你也打死不找你」這想法即可。因為這代表你需要對方，超

過對方需要自己。於是，基於怕受傷、不想輸，哪怕進入感情中，都會持續患得患失。在這種心態下，別說談到難上加難，就是談到也極易失去，或者找到很渣的人在一起，幸福機率硬是低了數十倍。

人類在有安全感的情況底下，是不會去進行比較的。好比假使你已經確定第一志願上了，接下來其他面試官怎麼看你，你半點都不會在乎，甚至連去都懶得去。你也不會天天黏爸媽問：「你有多愛我？」任何比較的本質，都反應的是沒安全感，你要靠這些去確保愛。

在我聽了各種感情故事後，我發覺一個奇特現象。那就是很多人啊，寧可相信對方是木頭、是太忙、是疏忽、是還沒放下前段，卻極其荒謬的，不肯接受根本就明擺在眼前的事實：

「他、沒、這、麼、喜、歡、你、啊！」

此時，你去檢討自己是不是太黏，有哪無理取鬧，該怎麼改善，都毫無意義可言。只會發現：你為他夜夜流淚，就是睡夢裡都夢到他回你而竊笑，隔天起床的手機依舊空白。最後直等到忍無可忍，要放棄了，他都不知道。

「再回頭看我一眼好嗎？我要走了……」

別誤會，你肯定有錯，但不是出在無理取鬧上，這僅不過是反應了太多委屈累積在心裡，只好透過這樣的方式爆發。真正問題出在「不對等」，你給他的超過他願意給你的，於是比較心態立刻啟動，而你一比心裡不平衡感就會加劇，所以只好透過幻想，替對方找藉口來彌補，最後等泡沫結束就崩潰了。許多男女生都如此，愛到卡慘死，無限棄守原本的底線，直等到有一天突然醒悟，

才終於能頭也不回的離開。這一天，就是幻想泡沫破裂之時。

「你遇見了你的夢中情人，但他沒有呀！」

最後就是一堆人來問：「為什麼明明有好感的男生經常會聊一聊不見？」、「為什麼會老是輸給一些覺得很虛偽做作的女生？是不是男生都喜歡做作的？」有趣的是，男生也有幾近相同的抱怨：「為什麼女生老是喜歡些很花的爛人？都知道是渣了竟還離不開，老是搶不贏垃圾！」

要回答這問題，需要先從條件解釋起，很多人都有種誤解，以為條件都是很單一的，如：高富帥、白富美。其實錯了，感情的條件就和學測申請類似，多數人都有分兩階段。諸如善良、專情、老實等，直白地說：對長久經營感情而言有價值的條件，一般都是第二階段的。而諸如外表、幽默、浪漫等更直觀，能一眼或至少短暫相處就感受出來的，則多為第一階段。

說到這，能明白問題癥結所在了嗎？絕大多數，這種輸給渣男婊女的，基本都是輸在第一階段，學測級分沒到標，拿過奧林匹克冠軍也沒用啊！一個根本壓根兒連感覺都沒有的人，你會管他可以有多專情？就像很多女生會嫌老實專一的好男生不會聊天、不懂浪漫、不解風情。反過來說，很多男生也會覺得專情、慢熟的好女生，單調無趣、沒有回音、追好久看不到成果。而渣男婊女厲害的地方，正是極善於快速營造第一階段的感覺。

在你從頭到尾只會一招欲拒還迎，天天努力在那早安晚安，傻傻等待，只敢隱晦地表達好感，糾結對方怎麼還不找我的時候，人家漁船開出去，流刺網就開始撲天蓋地的撒餌。她可以手霜擠太多要他伸手出來也分一點，再來輕撫；可以自己把電腦網路關了求他幫修，就約到房間；可以嘟嘴巴委屈地說自己真

不太懂，來給對方成就感；可以裝可憐撒嬌、可以技巧性讚美、可以有意無意肢體接觸、可以言語挑逗勾人、可以演成他心目中的樣子，妳拿什麼比啊？跟咕咕鐘一樣會定時說晚安？

這樣懂了嗎？武器輸太多了啊，妳們根本不是一檔次的，人家會營造感覺呀！偶爾給你幾顆糖吃，讓你飄飄然，而人一旦盲目了，誰跟你管後面客觀條件，所以那怎麼辦？又到底怎麼脫離這個循環？

所以，妳也學點心機呀！

這世上絕大多數好男生女生要的莫過於被回應，用不著違背本性演得多誇張。他來找妳，妳若沒回到，就用有些焦急地語氣道歉，真沒看到，對不起呀！讓他明白妳很重視他。他跟妳聊天內容，妳聽不懂立刻開 Google，妳用不著全懂，一知半解地說上幾句，讓他有種驚豔：「哇！妳竟然知道」的感覺即可，還滿足對方的表現慾；他為了妳做了任何小事，無論最後結果如何，都先道謝，再有技巧一點，道謝中可以略略曖昧用詞，「你真的好好喔、未來被你喜歡的女生一定很幸福」、「未來有可能，我找男友一定找這種的」等等。妳再厲害一點，語畢後害羞一下，支吾個幾秒，90% 男生都能通殺了啦。講真的，扣除那種十幾歲正初戀，還不成熟的小男生女生我不敢說，有過幾次經歷的，比起外表，更重視的都嘛是相處起來是否快樂，這些小改變，遠比起辛辛苦苦減肥瘦身都還要更有用。妳得學心機，不是為了害人，而是保護自己。妳學這些後，拿來追求喜歡的人，保護好既有的感情，別拿去傷人，這些小技巧就是鞏固感情的最佳利器。第一階段門檻過了，再搭配妳願專一走下去，又還有哪個也值得被喜歡的人能被搶走？

再來，一開始就不對他有任何幻想。

舉例言之：對許多男生而言，追的目的就是在交往，一小部分甚至就僅是上床，接著就再說吧，走一步算一步。女生卻較多偏向把交往當作剛開始，如何能相處一生才是重點，這點在二十五歲前尤為明顯，女生的早熟，甚少有男生抵擋得住。若一開始就認清彼此要的是什麼，你不會有不切實際的幻想。直白說：很多人自始至終都是在跟自己的幻想談戀愛，根本不了解對方真正怎樣就在一起了。

此外，做點能認識對方的事。

看電影、吃飯、聊天一萬年你也不會認識一個人。簡單的小旅行、給他行程規劃、看他對服務生及父母態度等，這些才是真的。

別把任何剛喜歡上的人，就當成生命中最重要的去對待。

你除了他，必須還有朋友、家人，自己精采的人生。當你只剩他時，你也離失去不遠。

還有，踩在朋友與情人模糊的灰色地帶上，高明地被動。

有沒有發現？最漂亮跟中上女生，後者其實追求者更多？道理很簡單，前者極易被預設肯定有對象。說個實話，94.87% 好男生不會主動當場搭訕，根本不敢。因此不擅主動沒關係，但起碼要學會怎麼給對方妳可以主動的訊號。如：單獨約他出去，和他談心裡話，告訴他一個不是所有人都知道的秘密，讓他覺得自己之於妳很特別，在一般言談中加入些許撒嬌。這裡關鍵就在踩在朋友與情人間的模糊地帶，緩慢前進。若他也給回應了，你們便能互相之間一步步一起向前，若他往後退，或不置可否，妳也不會損失一個朋友。

最後，拿多少投入多少。

比較心態的改變是不可能一蹴可幾的，就算跟你說了，你一定還是會比。所以就比吧！早點離開耳聽愛情的年紀，確保你拿到的是實質的行動，而非一張嘴畫大餅。就是遇渣，在深陷前你也能看清，不會再反覆循環。若你嚴守此原則，那些患得患失其實不太會出現，因為你拿的只會是同等或更多一些。久了，當累積到相當程度，你發現你不會再為他是否秒回 Line 而擔心，你對他的相信就像呼吸一樣自然，就像你不會懷疑你爸媽是否愛你時，你就從比較模式切回安全感了。

有時候，一段感情之所以終結，並非是命運決心沒收你的幸福，而是你的傷心、你的難過、你的絕望一直都被上帝看在眼裡，連祂都心疼你，認為他不值，這才寧可讓你走。

明白嗎？你離願意愛你的人之間最遠的距離，是一個並不愛你的人。

你把最好的自己消耗盡在錯誤的人身上，還狠狠將那些會在乎你的人給推開，半點機會不留。

於是，你為了避免可能的結束，竟然避免了一切的開始。

沉默的遊行

東野圭吾：《沉默的遊行》是一部集大成之作！

東野圭吾—著

日本書店店員：
令人難以置信，遠遠超越《嫌疑犯X的獻身》！
橫掃日本三大年度推理榜，
上市3個月即熱賣超過25萬冊！

佐織是菊野商店街人見人愛的完美女孩，但她竟在某天晚上離奇失蹤，直到四年後才被發現陳屍在一間破屋裡。蓮沼是警方的頭號嫌疑犯，卻靠著狡猾的詭辯逃過法律制裁。強烈的憎恨，讓菊野商店街瀰漫著復仇的氣氛。刑警草薙只好向湯川學求助，不料到了秋祭遊行當天，蓮沼竟然被人殺死了！而所有痛恨蓮沼的人都有完美的不在場證明。草薙一直相信，只要靠著湯川的「理性」，就沒有解不開的謎題，但似乎早已洞悉一切的湯川，卻做出了一個讓人意想不到的選擇……

真正擁有「心」的，是人類，還是機器人？
了求力下6第一本長篇漫畫！

滿是溫柔的土地上

了求力下6—著

為了清理大戰結束後受到嚴重汙染的地球，人類開發出機器人，人類開發出機器人，同心協力清掃環境，好不容易將地球恢復原狀，機器人創認定「人類」也是危害地球的垃圾，將原本用來清除垃圾的槍口，指向了人類。但在這之中，有一群人類和機器人，始終相信著其他生命本質的尖數們的—跨越人類和非人類的界線，這是他罗汽力了6首次挑戰長篇漫畫。

我媽媽就是因為愛著我，才會殺我的！

陸天遙事件簿

② 沒有名字的故事

尾巴—著　ALOKI—繪

陸天遙擔任這座圖書館的管理員已近千年，還是第一次碰到這種事。先是目睹被雄殺死的少年姜奎，拒絕說出自己的故事，甚至退化成無法說話言語的嬰兒，繼而少年的阿姨呂雅嚴也在一片狂風暴雨中闖進了圖書館，隨著呂雅嚴開始遺說他們的故事，陸天遙的心中也出現了一些似乎早就該遺忘的記憶，那些曾經成為人的痛苦和罪惡感，無論過了多久，都依然在啃蝕著他……

關於愛
的可能

木頭軍官爸爸

　　我爸爸是軍官，就跟一般人的刻板印象一樣，一個很嚴肅的老古板，對我們小孩都是一個口令一個動作，自己做事也是一絲不苟地可怕。他連放假在家裡，每天喔，起床都會把被子折成標準豆干；只要跟他約時間，不管是幹嘛，他都是準準提早至少十分鐘到。從小到大，洗澡好像還沒看他洗超過五分鐘，就很講究莫名其妙的規則。唯獨對媽媽例外。

　　我媽媽以今天的話說，就是天然呆系的。像是瓦斯爐的火忘記關啦、鑰匙插在門上沒拿啦、忘記接我跟妹妹啦、坐車坐過頭啦、雨傘幾乎每一兩個月就掉一支啦、找眼鏡找半死，結果發現就戴在臉上啦，這些都還算基本款的了。她還發生過騎車來接我，我正要跨上車時，她就往前騎走了，我只能眼睜睜看她消失在車陣中，都騎到家才打電話過來問我：「啊～人勒？」我都很懷疑我是怎麼活到現在的。

　　可我活二十幾年了，卻沒看過爸爸對媽媽兇過一次，每次都是無奈苦笑。把瓦斯換成防呆的，可以自動偵測熄火；雨傘同款式的直接團購了六把，給媽媽慢慢掉；門換成了超貴的電子鎖，用按密碼的，超炫。反正就是各種包容、各種疼。有時候，我真有一種在看《惡作劇之吻》裡江直樹跟袁湘琴的既視感。

　　我問過爸爸，當初到底為什麼喜歡媽媽，個性差這麼多欸。

　　爸爸笑了一笑。

　　「妳媽媽等了我十年。」

　　「你找得到一個願意從高中開始，等你十年的女生嗎？」

　　「她是真呆，什麼都會忘，但她從來沒有忘記寫信給我，跟懇親的時間。」

　　「為了要給我面子，她這麼懶惰的人，還花了大錢去燙頭髮，學半天在臉

上塗塗抹抹，比考大學都認真。」

「這樣好的女孩，沒一點缺點，我哪娶得到？」

前陣子趁寒假，爸爸用積了很久的假，帶我們全家去東京迪士尼樂園玩，其實也是幫媽媽圓夢，她是狂熱 Duffy 迷，家裡到處是她的蒐藏。在爸爸要回軍營前一晚，媽媽突然哭了，爸爸問了很久，問不出所以然來。

「會想你……」

已經四十多，臉上都已為歲月刻劃出些許皺紋的媽媽，卻若還未滿十歲的小女孩，嘟著嘴，賭氣地說。

「嗯……」

爸爸沒說什麼，只是眼神顯得有點落寞，好像很愧疚。

隔天，在爸爸要回軍營時，一向嚴肅，老板著一張臉的他，頭上卻戴了媽媽的 Duffy 帽。

閉上眼，想像下個虎背熊腰的中年男子，身穿軍裝，臉上酷酷地都不笑，頭上卻頂著有兩個毛茸茸耳朵 Duffy 帽的畫面。

我跟妹妹都看傻眼了啊。

「我也會想妳。」爸爸說。

「想我時，妳就戴另一頂，我們戴的是一樣的。」

語畢，旋即做了個漂亮的軍人轉身，直直走掉。

我看不到爸爸正面是什麼表情，但我身旁的媽媽哭慘了。

昨天，在媽媽要出門時，我聽到她在小聲碎念：「錢包、雨傘、手機、車

鑰匙……」

　　「終於想改壞毛病了啊！」我調侃她。

　　「對啊！」媽媽對著我，有點害羞地輕輕一笑。

　　「不能再讓妳爸擔心了。」她無比溫柔地柔聲說。

我這個人啊，有各種缺點，愛偷懶、好貪吃、喜歡耍廢、老丟三落四、東忘西
忘的，

但知道嗎？我有一點好——

喜歡你。

高冷哥哥

我有一個像《致我們單純的小美好》男主角江辰的高冷哥哥，認真超級像，身高一百八十一公分，從小到大我沒看他掉出前三名，拉得一手好琴，國小就飛去歐洲考過了英國皇家鑑定，顏值又高。

印象中約是從小五那年開始正式發跡的。他拿了一袋滿滿的金莎、糖果、餅乾放到我桌上。

「給妳吃！」他說完，丟下，轉身就要走。

「欸欸，怎麼會有的？」

「別人送的。」

「誰啊，女生嘛？誰誰誰，搞不好我也認識，快說！」

「……」

「妳吃不吃？不吃我拿走了！」

反正他就這臭個性，一張嘴硬得要死，所有的好都是默默的。國中後變得更誇張，小禮物已經不算什麼了，還有他的瘋狂粉跑到我們家樓下，拿石頭排出 I love u。妹憑兄貴，國中後我也跟著雞犬升天，受到各種照顧，你能想像國一運動會比賽，一群國三學姊們來幫忙喊加油的畫面嗎？喊的都還是 OO 妹妹加油！彷彿我沒名字似的。

不過有一點我們不像，他的體育不行，因為他有心內膜墊缺損，加上先天性氣喘，跑不到 200 就會喘。小時候我還覺得很有趣，好奇地問過：「哥，你的嘴唇怎麼會變成泛紫色的，好美喔！這是什麼魔法呀？」

他還騙我說他是藍色小精靈族的，唬得我一愣一愣。

既然提到江辰，那自然也有個小希啦，以下就稱之為小希姊吧。不過在這

個故事裡的小希，並不是我哥的青梅竹馬，也一點都不笨。只是相對的概念吧？我哥是一路念前三志願，她念的則是 pr80 學生居多的公立高中，他們是高中才因社團而結識，不過我哥一開始只把她當普通朋友，頂多聊聊天，後來才越來越好。

　　喔，這一定要說一下，小希在我哥畢典那天的告白超強大。當時手機都還是智障型的，能存的簡訊容量有限，所以她親手把他們簡訊的內容，全部用手寫在筆記上，抄滿了一整本。最後的頁末寫：我筆記的每一頁，都認識你的名字。我是沒能有幸看到現場哥哥的表情啦，不過那一天，哥哥剛回來，就把以前收過的所有情書放回收了。

　　「欸～哥，不太好吧，這些都人家親筆寫的心意，心意耶！」我有點替那些女孩抱屈。

　　「有女友了還留著，才是不太好。」

　　「蛤！？」

　　我衝進房間硬盧他，才認識了這個傳說中的小希姊，並要了她的即時通。

　　「妳哥哥喔，他是假冷。」

　　「只是不想傷害任何人吧？所以故意裝傻，假裝不知道。」

　　「妳別看他這樣，他其實很不會說不，太善良，別人拜託他做什麼他都說好！」

　　「所以他只好用這些冷漠來偽裝自己？」

　　「嚴格說，妳哥是不能追的，他沒感覺就是沒感覺。」

　　「他要的是懂，看穿他，然後給他想要的。」

「冷漠外表底下，他也不過是個小男孩而已。」

　　有一次在我偷偷告哥哥狀時，她跟我說的這段話，真的讓我目瞪口呆耶，我當他十幾年的妹妹，都沒領悟這麼深，難怪會是她得手。這些年，小希姊早就融入我們家，變成真的像我親姊姊那樣的角色，會幫著我說話，跟我合作，讓哥哥無奈地說不出話；會陪我媽去逛街挑衣服，還要哥哥成熟些，得懂孝順。反正把哥治得死死的，所有高冷在她面前全自動失效，降回幼稚級。

　　大三時她去美國交換一學期，我就看著一百八十一公分的哥哥，對一百五十八公分的她邊撒嬌，邊嘟嘴跺腳地說：「還是會想妳……」

　　我承認，我的世界有因此崩潰一小角的感覺，妳把我哥怎麼了，下蠱喔？？

　　記憶中最深刻的，是有一次我們在逛街，我跟小希姊去逛鞋店，哥哥是塞爾提克球迷，剛好那邊有在賣周邊，就把他丟在那。回來時，看到他拿著球衣貌似掙扎很久，卻又在看看標價後，默默放下了。

　　「東西好重，先幫我們拿到車上好嗎？我陪妹妹再逛逛！」

　　我哥說聲好，就提著東西朝門口走。

　　此時只見小希姊立刻把那件球衣拿起來，用跑百米的速度衝去結帳，確切多少錢我忘了，但至少有好幾千。

　　「噓～」

　　「妳哥平時太省了，我想偶爾也對他好一點嘛！」

　　就連求婚，都是小希姊求的。那時哥哥心臟又出了問題，肺血管有硬化情形，最後可能導致肺動脈血壓變大，反向分流，產生嚴重發紺。

　　「娶我！」小希姊望著病榻上的哥哥，突然沒預警地說。

「不行！」哥哥果斷地回。

「不管你！」

「不行，我這樣給不了妳未來。」

小希姊直接伸手摀住了他的嘴。

「你們男生總以為女生難懂，從不知道我們要的一直都很簡單。」

「我要的只是睡前會有你的晚安。」

「只是你記得帶我去吃我愛吃的。」

「只是一件有你味道的外套。」

「只是你愛我。」

「這些，你已經用了七年證明你做得到。」

「所以娶我！」

「不然，就我娶你！」

哥一如既往地妥協了，辦了婚宴，沒登記。

小希姊陪了哥哥最後的兩年，以我大嫂的身分。

「妹，聽我說⋯⋯」

「妳是個好女孩，可用太多理性把自己捆住了，總把心事藏到心底。」

「這樣活得很辛苦吧？」

「哭出來，好嗎？」

「我不想要妳為我忍，我忍過，我知道。」

「哭出來吧，好好哭，沒事的。」

「別怕，哥在，哥哥在……」

這是他最後對我說的話，安慰我，比安慰小希姊還久。

小希姊六年後，再婚了。我們家，對她只有感謝。

「別擔心，妳永遠是我們家的女兒。」媽媽紅著眼對她說。

「對不起啊，我沒有第二個兒子能娶妳了。」

「對不起……」

那是繼哥哥火化後，我唯一一次看小希姊哭。

她嚎啕大哭。

今天，是哥哥的忌日，她最新貼文只有一句：「還是會想你。」

照片中的筆記本已悄然泛黃。

我的幹話系老公

　　我有子宮內膜異位症，白話說：就是本來應該長在子宮腔內的膜，長到了其他地方去。有次在捷運松江南京站要換車，才走到一半，忽然一陣劇烈的經痛，讓我直接痛到當眾跪在地上。周遭人全嚇傻了，不斷喊著小姐小姐，看我臉色蒼白，一直冒汗，連話都答不太出來，趕緊叫來了救護車，檢查才知道原來我有這病。其實如果光是痛還好，真要說有什麼絕望的，大概是這個病有相當機率會導致不孕吧，而我當時，正準備要跟交往六年的男友步入婚姻。

　　他無比想要小孩。

　　我知道，因為他大學就是懷幼社的，我們討論過無數次關於要生幾個孩子的話題。

　　「生兩個！」他斬釘截鐵地說。

　　「那男女勒？」

　　「這就沒差了，是男生是女生我都可以。」

　　「喔？你沒偏好嗎？」

　　「都是女生，就我來疼妳們三個，都是男生，就我們三個來寵妳一個！」

　　「所以，都可以。」

　　「白癡！」我忍不住翻白眼。

　　邊笑邊翻白眼，沒辦法，我就是很吃他這套爛招，他就這種幹話系男友，特別愛用浮誇的稱讚，加上誇張又靠北的演技。

　　「不！！你們別來把她帶走，她是我的，不可以！」路上走到一半，他突然緊緊抱著我。

　　「蛤？」

然後他就指了指前面一台滿載著豬，正在等紅綠燈的卡車。

「說吧，一斤肉賣多少，我跟你贖，你們別來把她帶走啊！」

「……」

再舉例：

「老公，我揹得好重喔！」

看到前面有男生主動替女友拿東西，我忍不住也想有樣學樣，撒嬌一下。

「真的喔，那拿來！」

哇，原來他也是能浪漫的嘛，我開心地立刻把包包遞給他。

「嗯……」他彷若在練舉重那樣，稍微試了試重量。

「真的耶，滿重的！」

說著就把包包又給我套回來。

「辛苦妳了，我們還要走好一段路，加油！」

「乾，你給我拿喔！」

非得要我開始嗆他，他才會嘻皮笑臉地開始默默做。

「你想放棄嗎？」在我當面跟他解釋完情況後，啞聲問。

他怔怔看著我，哭了。

沒有說一句話，眼淚就順著臉頰，直直往下落。

那是交往六年來，我第一次看他哭。

第一次，他臉上連一點笑意都不剩。

見狀，我用力抿了抿嘴，牙齒將嘴唇內側，咬到滲出微微的鹹，我把他求婚時給我的戒指，從口袋拿出，輕輕放回桌上。

「我知道小孩對你的重要，你如果想走，我能理解。」

「我不會怪你！」

我用盡全力平穩的吐這句話，用盡全力不要讓眼淚冒出，用盡全力，至少，我想給他一個好走。

他這些年，其實，很疼我。

「妳知道我為什麼哭嗎？」

「我們交往了六年，整整六年，我人生也才要三十，五分之一吶！」

「可妳卻依舊不知道我有多愛妳。」

「沒有小孩就沒有小孩嘛，大不了養隻狗，狗也很可愛啊！」

「這妳就要放棄結婚是怎樣，我願意都當說假的喔！」

「你還願意娶我？」

聽到這，我忍不住哽咽，終於哭了出來。

他靠過來，緊緊吻住我的唇，沒讓我再說下去。

「什麼娶？講得好像我要買妳回家一樣。」

「問題該是妳還願意當我老婆嗎？」

「老婆是愛人，又不是生產工具。」

「欸，妳不要光只顧著哭，妳要說好。」

「快啦，快說啦，妳這樣我沒話接了，很尷尬！」

「好啦！」

「妳說什麼？太小聲，我聽不見。」

「好～啦～我當你老婆，但你要對我好。」

「妳要不要比對一下照片？六年都把妳寵成豬了，這還要問？」

「……」

「你還是去死好了。」

　　婚後一年多，我還是懷孕了，他嘴上沒說，但任誰都能看得出來心情無比興奮，買了一大堆營養食品，每天盯著要我吃；看我不方便出門，就把孕婦裝直接買了十幾套帶回家。

　　「不知道妳喜歡哪件，就都買回來了。」

　　「女生不嫌衣服多嘛！」

　　從此不讓我碰家事，一下班回來，進家門就開始忙裡忙外打掃，甚至怕我會反胃，花了一大堆時間研究我喜歡的食物。後來肚子大到一個程度，他連洗澡都不讓我自己洗，非要我坐到小凳子上，他親自動手來。

　　「欸欸，妳別說！」

　　「先梳頭髮，把髮梳開，接著洗髮，要記得問水溫，然後是潤髮，一定要先雙手抹開，從髮尾慢慢均勻向上塗……」

　　他把所有保養順序全背起來了。

　　然而，這個孩子仍是沒能留住。

　　在醫院流掉了。

　　在醫生告知他時，他整個人僵直住。

　　「我太太還好嗎？」他第一句問。

　　「我現在能進去陪陪她嗎？」

「我怕她哭。」

「她好期待，我怕她難過。」

「我好怕她會難過⋯⋯」

即使他明明就淚流了滿面。

兩年後，在人工生殖輔助下，這次我們真的生了一個兒子，他手舞足蹈，可樂壞了。

「啊～你不是說要生兩個？」我忍不住酸他。

「不用了、不用了，一個夠了，現在養小孩貴嘛，還是一個就好了！」

「都給你說就好了呀！」

「嘿嘿～」

房間內，他半夜起身去給兒子換尿布。

「你隔天不是還要上班？我來吧！」

「不准，妳給我躺著好好休息，我去！」

「兒子啊，以後要孝順你媽咪，知不知道？」

「我答應過你媽咪的，以後就我倆寵她一個。」

「媽咪生你可不容易呀！」

就在我聽著嬰兒監聽器的聲音，感動到就要哭出來時，

「你看你把她給養胖的⋯⋯」

「你還是去死好了！」

男生也好，女生也罷，一個人能有多不正經，就能有多深情。

不正經，總是因為在你面前，我可以當自己。

這一面，我只給你看，只屬於你。

不像女生的女生

從小，我就是那種老是被說不像女生的女生。

打架從不用什麼指甲、抓頭髮的招數，都是直接揮拳。小學時還打哭過好幾個男生，和男生女生都處得來，從來不喜歡小圈圈，不玩那套我只能跟誰好的遊戲，直到高中若班級內出現什麼蟑螂、蜜蜂之類的生物，同學都是大喊我的名字去處理。超級討厭穿裙子，除了制服裙不得不外，我一件自己買的裙子都沒有，就連制服裙也是走進校門口後能脫就直接脫了。頭髮小時候在萬年家庭理髮院解決，長大後也不過進化成一百元快剪，吃東西沒在客氣的，可以吃到讓旁邊的男生都嚇到。高中穿白衣黑裙的女校期間，因為要打排球，方便起見就索性剪了短髮，結果因此不知道多少次被誤會成拉拉了，還被好幾個學妹告白過。

不過，其實我很討厭「女強人」、「女漢子」這一類的稱呼。沒有故意找碴的意思，因為我知道大部分會用這類詞彙稱呼我的人，他們內心想的是讚美。可我始終不能理解的是，到底為什麼我可以自己扛東西、我會自己修電腦、我能徒手打蟑螂、我喜歡打球、我懂如何研究我要買的手機，就簡簡單單地，在問題出現時，我能自己解決，結果就變成強人、漢子了？

難道這不是隱諱地在說，一切獨立、自主、靠自己，是屬於男性的特質，普通的女生不具備嗎？好像男生就是理性、獨立、果斷，女生就是無理、愛鬧、任性、優柔寡斷一樣。憑什麼我分明就女生啊，我所做的事，卻要被說成那是男生的特質，明明會做這些的女生就也不在少數啊。

看吧，我是不是挺難搞的？（笑）就連稱讚，我也可以有這麼多腦內小劇場。

「我幫妳搬！」

大二要搬宿舍時，我抽到宿舍離原本的房間差了很遠，又有斜坡要爬，要在大太陽底下走上幾十分鐘才走得到。而身旁大部分女生，至少是我的室友，都有男生來幫忙搬。

「我當然知道妳自己也可以！」

在我打算自己去借推車來搬時，他對我說：「但如果妳願意的話，還是讓我幫忙好嗎？」

「妳是女生，也該被當成女生那樣對待。」

呵，這是多大男人、多自大的一番話啊！

可莫名其妙地，我卻聽得突然好想哭。

「其實，在妳兇排擠同學的人時，妳也很害怕吧？我看到妳在大聲罵完後，手在微微顫抖。」

「其實，舞會時沒有人邀舞，還是會難過吧？妳明明就化了妝的，卻還是當了壁花一整晚。」

「其實，自己搬家很辛苦齁，我有看到妳看妳室友的眼神裡的羨慕，很讓人心疼！」

我不滿地想張口還擊，卻一下就被他說得啞口無言。

「若我說錯了，我道歉！」

「可我總覺得，沒有女生是不想當女生的，之所以都靠自己，不過沒得選而已。」

「哈哈，我這樣講會不會太自以為啊？」

「會！」

「那剩下的我就不幫妳搬囉，妳自己來！」

「……」

那好像，是我人生初次不由自主地嘟起了嘴，像女生那樣的嘟嘴。

「喔～好啦，不要那張臉，開玩笑的嘛！」

「那搬完，妳要讓我請妳吃一次飯喔！」

「為什麼是你請，你幫我搬欸，應該是我請吧？」

「我講因為妳是女生，妳會揍我嗎？」

「會！」

「那因為我是男生。」

那天陽光很燦爛，透著樹葉斑斑點點地撒下，配著他臉上一副欠揍的笑。

莫名地，竟能讓人心臟漏跳一拍。

他沒有再追多久，我就被他得手了。我們交往了七年，從大二到出社會，他的求婚我也答應了，直至婚前健檢，發現我不孕為止。

呵，搞半天到頭來，我還真不像女生呢，連懷孕都沒辦法。

他在起初也是有堅持的，我感動到大哭一場。於是用了工作以來所有積蓄的五分之三，去買了一台車，一台我早就知道他想買，但始終下不了決定的車子。

「看到妳是女生的時候，我有嚇一跳！」賣家對我說。

「很少有女生喜歡這款欸！」

「可能我比較不像女的吧！」我微笑。

紀念日那天，我把車開到我們的家底下，想要給他驚喜時，等到的卻是臉色凝重的他。

「對不起！」

他母親以死威脅，從醫院被救回來後，他退縮了。

「對不起！」

他流著眼淚道歉，一遍又一遍。

對嘛，也是啊，換位思考，若我親生寶貝兒子要娶一個不孕的媳婦，我大概也會強烈反對吧，那有什麼好怪的呢？我能怪誰呢？

那天，他沒有回家，喔～抱歉，應該是沒有回我們共同的租屋處。我安靜地開始收拾行李，抱枕、戒指、娃娃、項鍊、卡片、信紙、衣服、帽子、鞋子、襪子，每一樣都有他的痕跡，都有曾和他共度片段的回憶。

回憶裡都是他。

真的是好詭異的感覺喔，這個這麼熟悉，活在我生活中每個隙縫中的人，以後就不能再用男友稱呼了。

就要是陌生人了。

我最後裝成了十二箱，公寓沒有電梯，就一個人從五樓扛下來到車上，開車從台中回台南老家，再一箱一箱地搬上三樓，十二箱太多了，車裝不下，所以我只得分兩趟跑。

就這樣，從深夜搬到了清晨，一共花了七個多小時。

在車上，我拚死咬住自己的嘴唇沒有哭。

　　後來，我回母校過不只一次。學校假日早晨的楓林小徑無比安靜，空盪盪地，連點人聲都沒有，透著樹葉灑下的陽光依舊，新竹特有的微風依舊，以前最喜歡走這條路，總是覺得走著走著，什麼煩惱也就都忘了，都能過去了。

　　可那樣欠揍、讓人動心的笑容，我卻再沒遇見過。

　　吶，像我這樣的女生，

　　還有人會來帶我回家嗎？

許多女生，終其一生都想去找到一個夠 man 的男生依靠，

卻怎麼也沒想到，到了最後才發現最 man 的，始終是自己。

永遠的廚師媽媽

　　我家是做餐飲的，租了一個小小的店面賣便當，員工就我爸媽，如果我和弟弟下課沒事，也會留在店裡幫幫忙。在台灣賣便當，說實話，規模不夠的話非常難賺，還想要有良心，就更難了。物價每年都在漲，若你跟著漲大家會不來，不漲就是咬牙苦撐，最後就是逼得很多店家，都只能在用料上選最便宜的用。

　　偏偏我爸媽對這很執著，他們覺得賣食物也是賣良心，來買的又都大多是街坊鄰居，是自己的朋友，怎能虧待人家。結果就是每賣一個便當，平均利潤大概僅有十多塊，這還沒扣掉租金、水電等支出。幸好相對便宜加用料好還是有目共睹，每天都有來自附近學校、公司的團購訂單，加上散客，打平成本後，勉強還能小賺一點點。

　　可是，我爸媽就變得非常忙碌，從早到晚都在被時間追著跑。一大清早起床就開始處理進貨、備料，中午十一點前菜都要好開始裝，十一點半前才有辦法準時送，接著十二點也才能開始做散客的生意。早上一忙完，立刻又要忙晚上的，菜都要重做，他們寧可賣到沒得賣，少賺一點，也不要留到晚上繼續賣。

　　「這是對顧客負責。」我爸總這樣說。

　　結果日復一日下來，媽媽倒下了。

　　肝硬化，已經到了 C 級，因為血液無法順利再從肝臟回到心臟，只好自己找其他管道流，結果就是併發食道靜脈瘤，和其餘一堆問題，有吐血、血便、暈眩等眾多症狀。醫生說，我媽媽肯定是死命地硬撐了非常久才來的，可我們卻一點都不知情，什麼都不知道。

　　家裡的生意完全停了，我們只得張貼出公告，再一一致電向客戶道歉。爸爸把我跟弟弟都趕回家，要我們去學校，自己一個人幾乎從早到晚守在媽媽身邊。

「生意呢？」

「先休息了，等妳好了再說。」

「對不起……」媽媽頭低低的，說得有點委屈。

「對不起什麼呀，有什麼好對不起的？神經！妳就專心把病養好就好。」

「那你現在回家休息。」

「我不要，我留這陪妳，家裡有姊姊顧著很好呀，妳有什麼需要我才隨時能照顧到。」

「而且……」

爸爸頓了頓，說：「很久……沒跟妳只有兩個人，好好說說話了。」

爸爸說得就好像是做錯事的小朋友，一個四十剛出頭的中年大叔，臉羞得連直視都不敢。

「那再聊一小時，你得回家。」

「為什麼~~？我不要呀！」說著，我爸還拉了賴皮式的尾音。

「不管，你陪我太久了，你也很累，回家休息去，我這有護士照顧。」

「你不回家，我哭給你看喔！」

爸爸真的乖乖回家了，親手炒了好幾道我媽愛吃的料理，裝到鐵盒裡，還得意洋洋地對我們放閃炫耀，說是要帶去醫院給我媽吃，不給我們先嚐。

可我媽再沒機會吃到了。

在最後緊急關頭的時候，我媽吐了好幾口鮮血，臉上全是眼淚，卻用盡全力緊抓住我爸爸的手。

她說：她只求我爸一件事，以後想起她的時候不要哭，要笑，好嗎？她想

要永遠在我爸心裡是最美的樣子。

「好，我答應妳。」

「我什麼都答應妳！」

「妳說什麼我都答應妳！」在醫生衝過來，請我爸離開病床前，我爸對著我媽喊。

我媽媽最後走的時候，表情是微笑的。

這是四年前的事情了。後來，我爸爸把便當店收掉，原本的位置現在已經重新裝潢，變成了飲料店。

他再沒回來過。

事實也是，他整整消沉了一年多才逐漸變好，我跟弟弟都不敢過問，誰忍心問？

今年是我大學畢業，我穿著學士服特別跑回去原本的店門口看一看。我總是覺得，媽媽應該還在這裡，她應該會回來這裡的，以她的個性，一定會回來的，我說的對不對？

媽，我大學畢業了，也找到工作了，是不是很厲害？

媽，弟弟就更爭氣了，他穿上了卡其色制服，第一志願耶！我一輩子也考不到。

媽，爸爸有守住跟妳的承諾喔，每年去找妳時，他都是笑的。

喔～好啦，笑得有點勉強我知道，但他至少有盡力了嘛。

那天拍完照，男友開車載我回家，我在後座哭到睡著了。我夢到了很小很

小、在我才剛上小學的時候，我都會在店裡調皮搗蛋，欺負捉弄弟弟，讓弟弟哇哇叫的要告狀。

「又欺負弟弟啦？」媽媽從廚房探出個頭來，親切又溫柔地笑著說。

「才沒有勒！」

「哎呀，我剛好做好一大盤的蝦捲耶，有沒有人想吃呀？」

「我要！我要！」我跟弟弟都同時大喊。

「欸～妳不能吃！」媽媽擋住我。

「為什麼？」我嘟著嘴，很不服氣。

「妳是姊姊，姊姊要先照顧好弟弟，妳都欺負他，怎麼能給妳吃呢？」

「答應我，以後要對弟弟好一點，可以嗎？」

「好嘛！」

然後，再睜眼，十六年就過去了。媽，知道嗎？

妳在我心中永遠是當初最美麗的樣子，仍舊是那個溫柔又體貼的媽媽。

媽，這次想起妳時，我有笑喔。

有時，我會想念起生命中的某些片段，

不濃不烈，不黏不熱，就僅是朦朧地想起，

如同昨夜的夢囈，如若回憶的碎片，睜眼，再淡淡的忘記。

不愛我的先生

　　我的先生並不愛我。

　　是的，我們結婚了。

　　是的，他並不愛我；但不是的，並非如你看到這段文字後對他的預期，他不是渣，他也沒有對不起我。事實上，他是一個非常好的男生，好得符合我所有對於好男生的想像。他有耀眼的學歷、有足以讓我不用煩惱經濟的薪水、有EQ極佳的個性、有個好啦！婚後有些發福的身材，不過在我看來依舊十分有魅力的成熟外表。可能是從事金融業吧，他的穿衣打扮品味極佳，活脫脫像是從電影中走出來的英國紳士。

　　他唯一能挑剔的，就只有他不愛我。

　　可能，一點點都沒有。

　　除非我要求，他從來不會主動約我做任何事，所有紀念日、生日他會記得，但僅是因為我要求而記得，我能感到他對此沒有半分期待；他很少回訊，大多時候連已讀都不會有，不過他也從不找藉口，「在忙」是他一貫的解釋，以他的工作量，也的確是事實。他沒有IG，FB同樣甚少在用，結婚四年我跟他一張合照都沒有放，我在他的世界就像透明人般，有些朋友甚至不知道他結婚了。他話很少，惜字如金到假日在家時，即使我們在同個空間相處一整天，他也不會跟我說超過五句話。他一點都不介意我查勤，手機讓我隨便看，裡頭裝最多的不是各家證券下單用的程式，就是什麼籌碼K線之類的看股APP，訊息夾裡永遠被公事淹沒，生活單純到只有工作跟賺錢。他很尊重我，給我很大的空間，每個月都會給足夠用的錢供家計花費，若超出的話，說一聲就好了，他從不多問。

　　講到這個，我其實故意想氣過他。畢竟是女生嘛，就想要一天，哪怕一天就好，他能專注在我身上，哪怕是憤怒的專注、是罵我，都好。所以在跟店家確認可以退貨後，我故意拿了足以買一台車的錢，去買了一個包包，這一個包，也將近他三個月的薪水了吧？在結婚紀念日，我拿出包包，跟他說時，他看著我，愣了一下。

　　可，卻沒有半分我原以為會有怒不可遏的反應。

　　「嗯，我知道了。」他淡淡地這樣說。

　　「我拿這麼多錢去買一個包，都沒找你討論過，你不生氣？」

　　他只搖搖頭：「那些錢本來就是給妳家用的，而妳也把家打理得很好，既然是妳省下來的，我無權過問。」

　　「太太，辛苦了！」

　　說來好笑，本來分明是想氣他的，結果聽到他輕輕地說出這句「辛苦了」，反倒是我哭得淅瀝嘩啦。

　　就是一種，原來你都有看到，你有看到我的努力，你知道我都付出了些什麼的感覺。雖然，現在回想起來，或許那句辛苦了，更像是老闆對績效好員工的嘉獎吧？

　　看到這，你或許會好奇，那我們怎麼會結婚的？答案是我追他的。說個可能不中聽的實話，男生到了一個年紀之後，似乎就沒那麼在意有沒有愛了。只要妳能符合他的條件，外表有達到，也有對應內在，能帶得出去，不至於像花瓶，妳又肯猛倒追，要追到，大概都不會是太難的事情。年紀到了，對男生而言，也是很殘忍的事吧？迫於家裡的壓力得結婚，工作限制下沒空尋覓感情，身旁

有過得去又願意愛自己的女生，交往半年就結了。

　　當然，我仍是抱著他未來會愛我的幻想結婚的（笑）。女生應該能懂，深陷其中的時候，總會有種他會因為我而改變的神奇想法。他的世界很大又很小，扣掉工作外，幾乎就只有我了，在這種情況下，我能讓他愛上我的吧？我也不差呀，這麼說可能有些自以為是，但我覺得自己外表、身材、學歷、頭腦都勉強算及格了，那為什麼不會愛上我？憑什麼不會愛上我？

　　呵，現在回頭看自己，二十幾歲還是小女生時的想法，真的很傻很天真呢。

　　「我們離婚，好嗎？」

　　在我拿著協議書遞給他時，他的臉色瞬間一變。

　　嗯，誠實說，我偷偷竊喜了一下，能讓他震驚，可不容易啊。

　　雖然，也就這樣了。四年婚姻能帶給他的震撼，也就這樣了。

　　「你遇到喜歡的女孩了，對嗎？」請別誤會，他並沒有劈腿，沒做任何虧欠我的事。只不過朝夕相處這麼久了，他對我已是一張白紙，所有些微的情緒波動，我都看在眼裡。儘管用了層層客套包裝，他仍保持著禮貌的距離，但他確實對她動心了，一個也跟他活在同一個世界的女孩。

　　「我沒有想離婚。」

　　「那你愛我嗎？」

　　「你能看著我的眼睛，對我說愛嗎？」

　　「離吧，你才要四十，還來得及幸福，不用一輩子都給我。」

　　「這些年你給我的也夠多了，我能過下去的。」

「不行！」

他看完協議書後說：「妳至少要拿一半財產走，不然不離。」

「拜託……」

「那是我欠妳的。」

「那是我起碼該給妳的。」

他哭了。

那是啊，加上交往，跟他認識五年多來，我首次看他哭。

為了我放他走。

離婚後為拿剩下的東西，我去了他家，或者該說他爸媽家了，本來有上下兩層樓打通，一層他爸媽住，一層我們住。可現在的他已搬離那裡，趁著房市下跌，買了戶新房和她住。即使離了，我還是以爸媽相稱，畢竟感情很好，他爸媽對我始終以禮相待。他媽媽甚至在知道我們離婚後，氣得把他痛罵了一頓。

「媽，別怪他啦，是我勸他的。」

他媽邊說他買房子的消息時，還邊氣憤地像她才是我親媽似的反應，但你要我誠實說，在知道這消息後，心還是被瞬間拉緊，刺痛了一下。還是，好想看看他啊。

五年吶，剛好從二跨到三十，已經習慣了身旁躺的人會是他，習慣了聽著他規律的鼾聲入眠，習慣了他在。

可不行了。人家準備要展開新的生活，舊情又怎能去打擾。

呵，我真是一個很矯情的女生齁？自己逼他走，逼走了又在哀。我繞去了他的新居附近慢慢晃了好久，總還是期待著能碰到他，能看看他幸福的模樣都

好。可惜，有好多背影像他的，卻都沒一個是他。

也好，這樣就好。

昨天，我才發現他的 FB 復開了。上頭曬滿了各種甜蜜的幸福分享文，其中有一支影片，是他跟女兒互動的片段，短短的，只有幾十秒，他稱呼女兒的小名，用了我取的名字。

我曾說過，若有女兒，希望取的名字。

或許，愛情最諷刺的地方，就在於在你越不愛一人、對方越難得手的時候，你反而是最具有吸引力、最不害怕被他傷害的時候。相反地，當你越愛一人，在他面前越是卑微、越是患得患失、越是想付出一切時，卻往往是你最脆弱、最容易被拋棄的狀態。你永遠無法透過努力去肯定得到一個人。

若一段感情錯了，有時，停下來本身就已是前進。

失戀陪伴與走出

　　我有個好姊妹，碩班同學，男友因一起出去見過幾次，也算認識，好姊妹之所以來唸我們所，沒留母校，就是為了想能離男友近一點，結束遠距離。有次我們在趕報告，臨時出了些狀況，弄到已經快一點才離開研究室。當時，外頭正下著傾盆大雨，而她的男友就蹲在緊急逃生出口的微弱燈光下等她。

　　「學長！你怎麼在這？」

　　「給璇送傘。」他好像有些尷尬地笑了笑。

　　「雨這麼大，她一個人回去我不放心。」

　　「喔～等等，我去叫她一下。」

　　「欸～不用啦，讓她忙，沒關係！反正我沒事，在這等就好了。」

　　他們為彼此做的事蹟可謂數不勝數，所以當我問起碩論研討會，要不要替學長也準備份餐點。

　　她說出：「我們已經分手。」時，我錯愕地不知該怎麼反應。

　　大概，感情這件事有個悖論：分手往往是由更愛的一方所提出，已經決定放棄的，只會以沉默做為回應，於是本來想藉以挽回的分手被弄假成真，早就想走的人，亦終於等到了個頭也不回的理由。

　　「我沒有怪他。」

　　「只是對他而言，事業更重要吧！」

　　由於我聽的是姊妹版本，敘述肯定會偏女方多些，總之男方能給的關心越來越少，到後來只剩下形式化的打卡關心。爭吵、難過、掉淚，這些有用，不過永遠只有一時之效，在男生感到已經達到哄完的效果後，就立刻變回原樣。給她感覺一副「好啦，我已經哄完收工了，可以不要再鬧了嗎？」的態度。對

話內容越來越精簡，嗯嗯嗯、好喔、忙完說、早點睡這種片語，好幾句加起來還沒有女生的一句長。就像被當成一隻狗，在絕望到哀鳴想走時，他會回來抱妳一下，把妳給拉回來，但旋即仍是丟妳獨自在黑暗裡，繼續忙他的。

「情人節那天，他又因工作而爽約了！」

「我把化好的妝重新卸掉，一個人躺在床上發呆時，突然看到臉書相簿的今日回顧……」

「他以前，每次都是很用心在過的。」

「我一張張地看，又去重聽了一封他給我的語音。」

「那天，他遲到了十分鐘，就留了好長一段道歉語音，語氣裡滿是疼愛。」

「不在了。」

「想走下去的感覺，不在了。」

直到那刻，她才死心，對分手，男方也僅回應了一個「嗯」而已。

「累了吧！」

「對彼此都是。」

後來的日子裡，女生完全沒什麼變，一樣認真地上課，一樣跟我們有說有笑，甚至除了我，其他人都不知道她和男友分手了。有一天，我留在學校跟論文奮鬥到深夜，她則在我身後趴在桌上睡著了。我抬頭看了看時鐘，發現已經要十一點，就摘下耳機，準備收拾東西先回家，就在摘下耳機的瞬間，我聽到她在哭，小小聲、啜泣的那種哭。

「妳還好嗎？」

她抬起頭，環顧了一下，彷若在確認整間研究室只剩下我跟她還在。

「我剛剛夢到我跟他分手了。」

「然後我就驚醒,拿起手機要找他討安慰時,才想起來我們真的分手了。」

「我們真的分手了⋯⋯」

「他不見了。」

「他不會理我了。」

她顫抖地哭成了孩子,一旁靜靜擺著的,還是學長的傘。

那時候,他們已經分手超過半年。

我後來才了解,有種人,他們就連絕望都是不說的。看似一切都很好,可以跟你說說笑笑,可以和你一同吃吃喝喝,但心裡其實已經累得沒有力氣了;沒有力氣去哭鬧、沒有力氣去吼叫,就連求救的力氣都沒有,就是安靜地、微笑地,靜靜看著花開花落,任憑時間流逝,人來人往,不敢死,卻也不是很想活。

難過,對他們而言變成了一件需要權衡利弊的事。他們用強硬的方式,逼自己要封鎖,逼自己不可想他,逼自己不准再難過下去。到一個程度,甚至逼自己不准輕易表達出來這樣的情感,會不會顯得很矯情?他看到後會怎麼想?還有意義嗎?說了又能如何?寧可被莫名冠上「可能沒這麼愛吧」、「她走出來好快」等等的帽子,也不想再多去作什麼解釋。

記得,我曾問過一個受傷到極點的女孩,為什麼不去找朋友訴說?

「長大後,不是不能再給別人添麻煩了嗎?」她說,很輕很淡地說。

於是,長大剝奪了我們哭的權利,卻又忘了給我們副能抵禦所有的盔甲。依舊脆弱害怕,可還得一遍遍地對自己催眠會好的,一切都會好的,總是會好的。說到底,長大後的我們,面對的傷害遠比兒時殘酷,其實比孩子更需要被

安慰。不說，也僅是怕說出來，也僅是換來失望而已。

　　所以怎麼辦？

　　答案就是聽他說，不需要給任何建議。真的，這也是我從無數傾聽中學到的功課之一。「放心，會好的」、「你只是丟掉一個不愛你的人啊」、「去運動充實自己吧」諸如此類，我可以用更高明的話術，什麼「砥礪自己，delete 他」列出幾百句給你。但這之於對方不會有絲毫意義，因為這些句子的重點，其實不在對方身上，而是說出這些句子的人。背後隱含的，實際就是：「你的難過沒什麼」、「就我經驗反正失戀就是這樣」，甚至「好啦！你快好起來，我也要忙。」給對方的感覺，就像是去問問題，老師含糊地說了一通，即使自己也不是很明白，但不想顯得笨，造成老師困擾，只好假裝懂了，點點頭。

　　對方會察覺你的不想，或你進不去他的內心，你只是不斷地想把你的意識加給他，於是選擇放棄再溝通，演著我很好的戲，默默獨自承擔。因此，對於身為朋友的你而言，最強而有力的安慰是：「吃牛排還火鍋？我請客！」接著讓他說，讓他哭，讓他難過，只要不墮落，沒什麼好攔阻的。

　　你給他的在乎本身，就已是最好的安慰。

那時代的愛情

　　爺爺是二副，在海上跑了大半輩子的船，其實本來應該可以更高的，只是因為爺爺小時候家裡窮，讀不到什麼書，無法再升上去，不過他依舊是我們家的英雄。在國民政府才剛播遷來台不久的那個動盪年代，單靠爺爺一個人的薪水，就撐起了家裡幾十人。聽說爺爺在船上時可威風了，賞罰分明又待久了，大家都服他，儼然是地下船長。雖然我是沒有親眼見過，不過這個性在家裡倒也顯露無遺，如要比喻，大概就是霍建華、金秀賢、江直樹那種高冷系的。

　　反正，對誰都一板一眼的，不太苟言笑，你得去撒嬌凹他，他才會假裝勉為其難地幫你。唯獨對奶奶，喔～奶奶什麼都不用做，自動享最優等待遇。以現代詞彙來形容，就是反差萌吧？

　　講個實例，有次我們全家趁過年前，一起去採買，奶奶拉著爺爺去逛內衣。

　　「我不知道選哪個好，你幫我選！」奶奶說。

　　「我不會，不懂這個，妳找熙雯幫妳看！」

　　爺爺好像有點不好意思，刻意撇過頭去。

　　「我是穿給你看又不是穿給她看，問孫女幹嘛？」

　　剎那，爺爺整張臉就通紅到耳根，什麼嚴肅的表情全不見了。

　　「這看起來花色好像比較年輕，但這個材質感覺比較好，好像穿起來會比較舒服耶，你說挑哪個好？」

　　「舒服的，要一直穿著的東西，當然舒服的。」

　　「也是，幾歲了，還穿什麼年輕的呢！」奶奶笑了笑，就把有花色的放回去。

　　「沒有，沒有啦！」爺爺就像做錯事的小朋友，趕緊揮手。

「我覺得都年輕，是妳穿起來就年輕。」

「少誇張了。」奶奶有些沒好氣地瞪了他一眼。

「那……不然都買。」

「都買，嗯嗯，就這樣決定了，都買！」

他們秀恩愛的事蹟還不只這樣，記得是高中的時候，我人生第一次偷跑去染了頭髮，被家裡念了個半死，沒想到爺爺竟挺身而出幫我說話。

「欸～愛染給她染，女孩嘛，愛美正常。」

餐桌上所有人都震驚了啊，全家最保守的就他齁，他竟然支持我染頭髮？？

「熙雯啊，爺爺問妳，妳在哪染的？」吃完飯後，他私底下跑來找我。

靠北，我就知道事情不會這麼單純。

「市區。我沒有花很多錢的，真的真的，我沒有亂花錢。」我快嚇死了！

「沒事沒事，我覺得染挺好的。」

「就想問問，能帶爺爺去嗎？」

「蛤!?」

細細問後，才知道是奶奶覺得自己老了，在梳頭髮時，看到梳子上滿是自己的白頭髮，露出了有些難過的神情，看得一旁的爺爺心疼，捨不得，所以爺爺要去把自己頭髮染黑。

「她看我年紀比她大，頭髮都還黑的，她也就不會覺得自己老了。」

這什麼玄妙邏輯我至今不懂，但反正他就這麼想，結果就是當我把染黑頭髮的爺爺帶回家時，被爸爸臭罵了一頓，雖然我跟他講清楚緣由後，他哭了就是。

　　至於我奶奶，一句話形容：典型獅子女。喜歡閃閃發耀的人，特定領域就好。

　　「妳爺爺炒魚的樣子很帥！」奶奶平時談起爺爺總有幾分嫌棄的味道，唯獨論到爺爺炒魚片時，給人感覺就像小女生犯花癡。她寧可自己吃虧，多讓鄰居、讓周遭的人一點，也不肯佔到不屬於自己的半點便宜。

　　獅子女的高自尊，實際上卻是貓咪的玻璃心，有一次她自己很用心做的菜，我們夾比較少，她沒有明說，但私底下偷偷在難過。幸好爺爺在看穿奶奶這點上，真的厲害，奶奶隨便一個眼神，他都能看得一清二楚，並立刻作出應變，指著菜暗示大家。

　　「妳奶奶呀，她就是好面子！」

　　「她有個壞毛病，她最不好的一面，總是留給那些她最愛的人。」

　　「平時對外人演得太累了吧？只有在放心的人面前，才敢好好當自己。」

　　不過要說奶奶給我最鮮明的印象，還是路癡，徹頭徹尾的那種。在她的世界裡，從沒有東南西北，只有上下左右，都住幾十年了，連家附近的路名是什麼都記不得。跟奶奶溝通，都要講有全家的那個巷子、週二有賣魚的那個市場，她才會懂我們在說什麼。

　　爺爺在八十四歲那年，開始有失智的情況，本以為只是人老了健忘很正常，直到檢查時已經達中重度失智程度，從一數到十都念不好了。為了照顧方便，爸爸在家旁邊租了間一樓的公寓，給他們住。有天，已經晚上七點多了，爺爺奶奶卻都沒回去，爸爸急瘋了，平時他們都待在家的呀，怎會兩個人一起不見了。全家動員找遍所有地方找不到，只差就要報警時，才看到奶奶牽著爺爺，從遠處慢慢走回來。

「媽！妳去哪了？」爸爸幾乎是用衝的跑過去。

奶奶愣了一下。

「帶你爸去港口。」她臉上燦然一笑。

八十多歲又是路癡的奶奶，帶爺爺轉了兩班車，坐了一個多小時去基隆港。

「我想再帶他去港口走一次。」

奶奶手上拿了張紙，上面用手抄詳細記著車的路線圖和時刻表，連附近地圖都有畫出來，已大半輩子的路癡，不藥而癒。

爺爺走了之後，奶奶並沒有如預期的有什麼劇烈反應，就好像爺爺只是睡著了一樣，很平靜地就接受了，只是她又從我們家這裡搬回了基隆老家，堅持她一個人可以。前幾天，我跑去找她，陪著她散步到港口邊，再走回來。

「熙雯呀，跟妳說，我昨天夢到妳爺爺了呢！」

「真的啊？夢到爺爺什麼？炒魚片給妳吃齁！」

「才不是！」

「我夢到他想起我的名字了。」

「我罵了他好一頓，結果他都笑笑的，不回話。」

「我就想啊，應該是夢吧？他才不會不理我勒，他哪捨得！」

「結果，真的是夢呢！」

奶奶隨後哈哈大笑，好像說的是什麼很好笑的笑話。

笑得淚流滿面。

妳走後

　　奶奶住板橋，而我家住萬華，從龍山寺到板橋，捷運三站距離，並不算遠。爸媽工作都很忙，我從小就是標準鑰匙兒童，有時深夜都還一個人，孤單到把電視開著，只為想讓家裡有點人的聲音，所以從國小開始，我就老愛跑去找奶奶。奶奶很疼我，又做得一手好菜，後來因為我實在太常跑了，她乾脆每天晚餐都多做我那份，直至高中後，才因補習而逐漸停止。

　　「奶奶家裝了歪飯，能不能來幫我看一下？」電話裡，奶奶說。

　　「歪飯？」

　　「就上網的那個⋯⋯」

　　「喔喔，Wi-Fi，可以啊，奶奶等我，我過去。」

　　其實也沒什麼好弄的，只是帳號密碼輸一輸，可以打開自動連上就完工了。那天我就拿著平板，教奶奶怎麼上網。

　　「所以你們在看的，都是這些嗎？」

　　「嗯～對呀！」

　　「太好了，這樣下次過年，就不會不知道你們在做什麼了！」

　　奶奶的語氣是雀躍的，但我卻被這句話瞬間刺得有點酸。那幾年圍爐，常常大家沒吃幾口飯，就開始各自滑手機，連我爸媽那輩都是。只剩爺奶低頭默默吃著飯，那種都不知道就在自己身旁的家人在做什麼的感受，很孤單吧？從那之後，奶奶常常會傳一些連結給我，大多是些內容農場的東西，沒什麼有趣可言。我本來以為奶奶畢竟是長輩，大概偏好就這種的，也不以為意，可後來有次我打開看過她的聊天紀錄，才發現，這些連結除了傳給我外，沒有傳給其他任何人。

奶奶只是想找我而已。

為有理由能找我，這是她所能想到的唯一方法。上大學後，我到新竹念書，離台北不算遠，然而我們的系課業很重，加上系學會活動，能回去的次數又更少了，和奶奶的聯繫僅剩下偶爾的視訊。有次期末碰到寒流來，我和奶奶撒嬌，說天氣好冷喔，回去想吃奶奶炒的菜脯蛋，要熱呼呼的喔。奶奶在螢幕那頭開心得不得了，笑呵呵地答應我說她一定會親自炒，等我回來。可等到約定的那天，我推開奶奶家門一看，發現等著我的只有被摔壞的鍋子，碎一地的碗盤，和坐在地上哭的奶奶。

「萱萱，對不起，奶奶做不出來了！」奶奶看到我，抽咽的說。

「奶奶試了好久，怎麼都做不出來。」

我問一旁的爺爺怎麼回事，爺爺說奶奶手最近會抖，有一陣子了。

叫了車，我趕緊帶奶奶去檢查。

「帕金森氏症。」醫生說。

最以廚藝為傲的奶奶，不能再進廚房了。之後的日子，其他症狀漸顯，除顫抖以外，就連走路都越發困難，同時併發憂鬱，晚上得靠安眠藥入眠。那段日子裡，我只要一有空，就往奶奶家跑，去陪陪她，跟她說說話。爺爺跟我說，只有在我去找她的時候，她眼神會發亮；只要那天我在，奶奶不用吃藥就可以睡著。但學生終是有當完的一天，進業界工作後，又豈是我想走就能走的？直至奶奶走的當天，我都還在園區加班。

等我收到消息，丟下一切衝到醫院時，我看到的，已經是家人圍繞在她床邊哭的畫面了。

有暈倒過的經驗嗎？我有。

那就像，整個地板突然往下陷，周遭視覺全扭曲變形。

就像，耳邊只剩下高鳴的唧聲，其餘的都無法再感知。

就像，拔掉螢幕插頭那般，黑暗瞬間吞噬全部。

再睜開眼，發現自己倒在地上，好似在水裡頭聽聲音那樣，全模糊成一片。而後，若浮出水面，逐漸恢復正常。

「奶奶……她最後走的時候，還好嗎？」

我用盡全力遏制住情緒，問著身旁的爸媽，爸爸沒有回答，只向前抱住了我，說對不起。

後來啊，我才知道，奶奶臨終前最後，喊的是我的名字。她緊抓住爸爸的手，跟他說：以後我不在了，沒辦法替萱萱做飯了，你得做給她吃，好不好？答應我，別再讓她一個女孩待在家了，她很孤單，她不敢跟你們說，但她真的很孤單。她總是問你們什麼時候能回家？你們什麼時候才能忙完？什麼時候才能陪她出去？

「兒子，好不好？媽這輩子沒求過你什麼，就求求你這次，不要再讓萱一個人在家了，她這麼乖，她該被好好疼的。」

「好，媽我答應妳，好，好……」我爸跪在地上，跟奶奶這樣說。

奇怪的是，喪禮後，我反而好似失去哭的能力，就像一種凝固的狀態，你知道自己在難過，但你感受不到那種難過。就像被打了麻醉藥，你摸著自己的皮膚，卻沒有分毫感覺的奇異。

沒有眼淚了。

淚水哭乾了。

　　這個狀態，我持續了半年，直到今年中秋，我們回板橋陪爺爺。乍然間，瞥見了那個摔壞的鍋子，它靜靜地擺在廚房的透明櫥櫃裡，悄無聲息，就在眼前，我看到了奶奶，一個大半生都把自信建立在廚房，最以自己廚藝為傲，附近鄰居都要向她請益的奶奶。結果啊，卻有那麼一天，她最疼愛的孫女，拜託她炒一道天下最簡單，對她來說閉著眼睛都能做出來的菜。可她炒不出來了。拿著鍋子的手不住發抖，抖到她連平時最輕易的動作都做不出來。她咬著牙苦撐，看著牆上的時鐘，焦急地想著孫女隨時會來，她要趕緊炒出來，她答應孫女要給她吃到熱騰騰的菜，一定要熱騰騰的。

　　越急手卻是越抖，抖到鍋子哐啷摔下，蛋液撒了一地，她能怎麼辦？她該怎麼辦？那到底，是什麼樣的心情呢？在漆黑的廚房，我緩緩蹲下，又大哭了一場。

　　欸，我說奶奶～我現在每天都傳訊給妳耶，今天天氣怎樣、哪個男生很可愛，我全部都有傳訊跟妳說喔。可是，妳真的很壞，都不讀了。妳以前都馬上回我的耶，是不是到天上後，妳又糊塗忘了自己設的 Wi-Fi 密碼，才會都不上線了啊。

　　欸，奶奶，今晚來我夢裡坐坐好不好，我好久沒抱抱妳了。

　　好久。

我們終是都長大了，
都在驀然之間，複雜了。

終於有那麼一天，你不再是我的盾牌。

可，你卻仍是我的軟肋，

還是我最脆弱的那塊。

＊　＊　＊

前年過年，爸爸買了個平板電腦給奶奶看影片用，奶奶就像小孩子般興奮，一直不斷嘗試各種功能，拿著到處拍照。

「這麼有趣，難怪奶奶做的菜你們都不吃，都在看……」她曾低語過這句，即使無比的小聲，我卻仍是聽得好難過。

在弟弟出生之前，因爸媽忙，有好陣子我常常住奶奶家，也因此我是孫子女中跟她最親的。我一步步教著她用，她很快就基本什麼都會了，尤其愛玩跑跑系列，什麼 Temple run、Subway Surfers、奔跑小小兵都有，甚至跑跑薑餅人還比我高分。不過有點困難，奶奶識字有限，也不會注音符號，所以她都是靠圖像去記憶的。大概，就跟我們小時候玩神奇寶貝，看不懂日文就記幾個關鍵漢字很像吧？所以唯獨都是字的 Line 學不來。倒也無妨，我替她設了個帳號，加了我自己，就跟她說想找我時，可以點我的頭像，然後按右上電話的按鈕。反正，她的好友也就只有我一個而已。

三個月前，我正在跟期中考奮鬥，沒開手機，直到考完我才發現有一通奶奶打給我的未接來電。那是她唯一一次在我不在她身旁時，主動打給我；那是唯一一次，她找我時，我沒有回應。

人生中最後一次。

我對過時間才知道，奶奶被送去醫院時，第一時刻想的不是求救，不是留話，甚至不是找我爸爸，她的兒子；她找的是我，我卻沒接到。因為一場湊學分用、無聊的通識考試，沒有接到電話。

在我衝去醫院時，奶奶還沒走，但卻虛弱地認不得人了。我站在床的這頭，看著她的生命逐漸在病榻的那端逐漸消逝，一點一滴，無聲無息，在家人的注視中，漸漸凋零。心電圖化為一時，爸爸緊緊抱住了爺爺，誰都沒有多說一句話。

　　她是笑著走的。

　　喪禮怎麼進行的，我已經不復記憶了，我只記得四周的喧嘩聲很吵，吵得我頭發疼；只記得外頭太陽很亮，刺得我眼睛張不開；只記得我站在火葬場爐門的這頭，看著她被緩緩推入門的另一頭，

　　在門重重關起的那刻，我總覺得，心裡什麼東西也跟著走了，死了。

　　回家後，我打開 Line，驚異地發現奶奶的 line 狀態上有一行字：

　　「文瑜，奶奶愛妳。」

　　她打出來了，我不知道她用什麼方法做到的，但她把我的名字都打出來了。

　　那是奶奶走之後，我第一次哭。

好不容易，我才到了小時候最羨慕的年紀，
可卻沒有了妳。

霸氣的溫柔

　　媽媽的娘家是在高雄做餐飲的，哪家就不說了，但應該勉強還算有點名氣的店，每天總是人滿為患。

　　「三桌還有一盤，上了沒！？」

　　「修修修喔，讓讓、麻煩讓讓！」

　　「幾位？一位？過去和那位先生坐！」

　　店是外公繼承下來的，不過實際上掌管一切的是外婆，完全由她來發號施令。特別店內能坐的空間並不大，要搶翻桌率，數以十載下來，養成了大家對外婆有點兇悍與個性很急的印象。明明應該是店主的外公，反倒比較像員工，即使挨罵也從不生氣。聽媽媽說，好像在她小時候，有陣子面臨了附近有越來越多家店競爭的情況，生意也不好過，是外婆嫁來後才一手重新拉抬起來的。

　　那時有次一位客人也不知是有心還忘了，吃了很多東西，可卻沒付錢，直接就走。外婆見狀，立刻衝出去跨上腳踏車，在後頭拚命大喊，要去追對方。眼看連追了好幾個路口，就要追到了，卻在關鍵時刻有隻狗忽然冒出，外婆為了要閃避只能緊急煞車並把車龍頭往旁轉，這一閃，整台車重心不穩，直接狠狠往地上摔。外婆只能倒在路上，眼睜睜看著客人的背影漸行漸遠，最後消失在巷弄間。

　　媽媽說，當時外婆的額頭都有傷在汩汩冒著血，手臂擦破，腳也扭傷了，牽著落鏈的車一拐一拐地走回店裡。

　　「對不起，害你白做了！」外婆第一句話，是頭低低地，這樣對外公說。

　　外公沒說什麼，走上前，就把那台腳踏車用力往地上一推。要知道，那個年代，腳踏車是非常昂貴的，幾乎等同我們今日的汽車。

這舉動讓在場所有人都傻了眼。

「以後不准再這樣了！」外公很有威嚴地喝斥。

「錢沒有就沒有嘛，辛苦點再賺就好！」

「老婆我只有一個，有沒有搞清楚狀況！？」

外公直接把外婆公主抱到一旁，小心翼翼地清洗傷口。外婆坐在板凳上，不斷拿衣袖擦著眼淚，卻怎麼擦都越擦越多，最後成了嚎啕大哭。

那是媽媽生平唯一一次看到外婆哭。

不過，我倒從不覺得外婆霸道或沒耐性，而恰恰相反是太懂事。因為想要懂事，想要體貼，想要證明自己是值得被愛的。所以會刻意地放棄自己的個性和原則，盡可能去迎合屈就對方，幫對方著想，甚至找藉口。

「沒關係，這只會有偶爾一次的。」

「可能他太忙忘了吧，沒關係的。」

「他不小心的，他一定是不小心的，別罵他！」

心裡總無數次上演這類小劇場。但也因為這樣，委屈值很容易不斷累積，累積到一個程度就開始自我懷疑，真是這樣嗎？會不會他是真的不在乎啊？然後開始無法克制地去找各種蛛絲馬跡，想要確定是不是這樣，然後越變越敏感，諸如門關大聲了一點這種小事，也會放在心底糾結很久。自我折磨到一個程度，才會爆發出來，看起來就好像是因為雞毛蒜皮的事也要鬧，很霸道、不講理。

為什麼這樣說呢？因為我就是這種女生，所以懂外婆。就我的愛情經驗來說，許多男生對此只會覺得厭煩。

　　大概，女生的愛情是加分制，男生則是減分制吧！女生需要時間慢慢往上加，從各種猶豫要不要答應追求，到非你不可，有天驚覺自己也離不開了。男生卻是瞬間高峰，什麼都不嫌，輕易給出可以包容任性、能夠被管等承諾，等到後續才慢慢往下扣，扣到有天就不愛了，好一點的以沒感覺了提分手，差一點的就開始用冷暴力逼妳走。即使，那些正是因為我愛你，你才會看到的舉動。

　　幸好還是能有幾個聰明如我外公，看穿這些後，就不計較了。輸贏幹嘛呢？對錯重要嗎？好聲先哄一下，先讓妳放心，用行動訴說著：放心，妳用不著鬧，我也在乎妳的。久了，還真的就不鬧了，知道有能溝通的方式後，何必要鬧，鬧很累的呀。

　　「拿頭跟你賭，博科林欸代誌啦，你三天就忘了！」

　　外婆不信外公說自己可以不喝酒，一拍桌，就這樣對外公說。

　　「那我拿這些錢跟妳賭，我做得到。」外公指了指今天的營收。

　　「哼哼，有沒有搞錯，那我在管的，你憑啥拿我的東西跟我賭？」

　　「可是，是妳先拿屬於我的東西跟我賭的！」外公突然語氣轉溫柔。

　　外婆嘟起嘴，一向不服輸的她竟啞口無言，任憑臉上閃逝而過的緋紅，訴說了一切。

　　說實在的，外婆雖然嘴壞，卻也很寵外公。有次，外公不過無心哀怨句很久沒喝到好酒了，現在的酒都沒以前好喝。一向節省的外婆，竟砸了重金去買了十年以上窖藏的陳年紹興酒，偷偷放家裡給外公，嘴上還邊碎念不能喝太多。外公過年在家賭輸錢不開心，外婆就先拿紅包賄賂我們，要我們有技巧地多輸點給外公，讓他開心些。

直到外公臨走前，都是如此。

「你怕痛，不想要再掙扎了，對不對？」

外公躺在床上，幾乎已失去答話的能力，只能用手指頭動一下或兩下回應。

外公動了兩下，是「不」的意思。

「你是擔心我，對嗎？」

指頭動一下。

「那我答應你，會到女兒家去住，照顧好自己，你想走嗎？」

又是一下。

「好，我讓你走，不再急救了！」

「可有一個條件……」

「下輩子，還當我尪。」

一下。

外公的指頭在顫抖。

前幾天，外婆為過年，提早回以前家打掃一下。回我們家時，把紹興也帶來了，說放著也是浪費，不如拿來喝掉。吃喝完，大人們還在客廳寒暄，外婆則先到廚房洗碗。

「想外公嗎？」

我過去廚房想幫忙時，看到外婆邊洗碗，邊在掉淚，輕聲問道。

「才沒有，誰要想他！」

「只是……他以前都會把最後一口倒給我喝的。」

「現在沒了。」

「喝不到了。」

終於，有那麼一天，你不再依約歸來，而那正是死亡的力量。

你缺人做飯嗎？

　　我爺爺是個特別酷的爺爺，還是個律師。別小看律師這兩字，在那個台灣仍處戒嚴的年代，他能通過考試拿到律師執照，是非常了不得的事，一屆錄取人數經常只有個位數，以考試方式取得律師資格，未開放前，全國歷年累積起來也不過六百多人。其他就是得靠關係，好比當過法官、軍法官等，才有機會透過檢覈（基本就是走後門，錄取的大部分都是外省籍，後來才廢除）當上律師，比考上法官都要難得多啊。當爺爺考上的時候，據說家裡大開流水席請全村慶祝，上門要來提親事的人潮絡繹不絕，當律師根本就是印鈔機的保證。

　　當時，戡亂時期檢肅匪諜條例正推得風風火火，政府到處藉口打壓異己。有天，一位老先生帶著妻女到爺爺的事務所，一開門，對方全家就跪在地上求爺爺。細問才知道，是已經被盯上了，完全走投無路，只得拿著一紙地契，想以全家財產做為律師費，求爺爺辯護。要知道，那可是白色恐怖時期，真能讓你掉腦袋的啊！錢可以再掙，腦袋可拿不回來，管你拿多少，誰敢接？命要緊呀。

　　爺爺心裡也知道會求到自己這裡來，肯定是沒辦法了，硬是不顧所有人反對，把案子接了下來。結果就是曾爺爺氣瘋了，好不容易看兒子有點出息，現在好了，鈔票沒數到，還得先花大錢替這個不肖子擦屁股，差點沒要斷絕父子關係。幸好最後平安無事度過，雖然畢竟當年法院是執政黨開的，怎麼可能讓你贏？老先生還是被下獄了，不過至少多拖了一段時間，關的年數也少了許多。重點是，因為常常來往，爺爺逐漸和對方的女兒熟識起來，而這個女兒，便是我的奶奶。

　　「我脾氣又倔，又不顧家，跟我這種人，一輩子都不會太安穩，還是別吧！」

老先生大概也看出他們郎有情妾有意，剛出獄就感激地想把女兒嫁給爺爺。

「你缺人做飯嗎？」此時，一旁的奶奶突然出聲。

「蛤？」

「你缺人做飯嗎？」奶奶又說了一次。

「我會做酸豇豆炒絞肉、蘆筍蝦仁、福喜壽蹄、雞仔豬肚鱉、糖蒜蒸雞腿肉、五柳枝……」

奶奶霹靂趴啦念了一大堆菜名，「你如果還有喜歡吃什麼，我還可以去學。」

爺爺被這番話給愣住了，堂堂高材生竟啞口無言，一個大律師，就這樣被我奶奶用鍋鏟給俘虜了。

「哇靠，時代劇喔！」我聽完爸爸敘述，很不可思議。

「還不只這樣勒！」

爸爸小時候因為爺爺當律師都在外面忙，很少回家，所以平時都和曾爺爺奶奶住一塊。有次過年，曾爺爺看親友的小孩喜歡，就順手把爸爸最心愛的一本書送掉了。爸爸知道後難過極了，委屈地哭不停。曾爺爺覺得不就是本書嘛，能值幾個破錢？小孩子過幾天就沒事了，反正就多塞點錢給爸爸，要他去買玩具。

「不一樣，那是彩色版的，不一樣，買不到了……」爸爸越哭越難過。

爺爺回家知道後，直接拉著爸爸的手：「走！」

「走去哪？」

「要書！」

爺爺真的就開了兩個多小時的車，一路到親戚家，替爸爸把書給討回來。

曾爺爺為這件事又跟爺爺鬧翻了一次。

「神經病啊～為了一本破書你去這樣討，傷了親友感情，值得嗎？」

「我討的是孩子的權益，是是非對錯的價值觀，為什麼不值得？」

「這叫做無權處分，屬於他的就是他的東西，如果要處分本就該問過他。如果今天可以把孩子的東西說給就給，那他未來會不會以為別人的東西也能說搶就搶？」

「瘋了瘋了，你念書念到瘋了！」

不過也許是一物剋一物，再厲害的爺爺，在我奶奶面前，就半點不行了。爺爺晚年有糖尿病，要控制糖分，這可要了爺爺的老命，台南人嗜甜如命啊。

有次在爺爺家，他偷偷趁奶奶不注意，要我去幫他買杏仁豆腐。

「這可不行，給奶奶知道了，我要挨罵的。」我噘著嘴，嚴詞拒絕。

「欸，妳這小妮子，怎麼這麼無趣！」

「那我給妳一千塊，買剩的錢，妳可以買妳想要的，如何？」

我猶豫了，一千塊對小學生來說是天文數字，可又還是有點擔心挨罵。

「放心啦，別忘了爺爺可是律師，對客戶有保密義務的，絕對會守口如瓶。」

「不然我們打勾勾？」

「好吧！」

我伸出小指和爺爺勾了勾，就默默拿著錢偷跑去買了，還很聰明地想到要從後門偷渡進去，卻沒想到奶奶早就等在那，笑吟吟地看著我。

「雯雯啊，剛剛去哪呀？」

「沒有！」我心虛地趕緊將東西往身後藏。

「真的嗎？妳身後那是什麼呀？」

「哇，杏仁豆腐耶，體育場旁那間嗎？怎麼這麼剛好也是爺爺愛吃的呢？」

「真巧呀，奶奶也愛吃，拿給我吧！」

結果就是一下就被抓到了，後來才知道，爺爺自己講出來的。

「爺爺你都騙人！」我氣急敗壞地罵他。

卻沒想到，一向伶牙俐齒的爺爺，很無奈的看著我說：「沒辦法，看妳奶奶撒嬌，我捨不得騙她。」

看過七十幾歲的老人臉紅嗎？

已經滿是歷經風霜的皺紋，斑白頭髮都沒剩多少了，臉上卻殷紅一片，一副打敗仗的模樣，很慚愧地垂著頭。

爺爺今年春節後不久去世了，享壽八十三歲。人走得很安詳，沒有掙扎也沒有痛苦，我們一家人都在身旁，他意識已經不太清楚，身體很虛弱，時而認得人，時而連我爸爸都不認得。奶奶始終守在身邊，安慰著我們，不斷說著：「全家都到了就好，全家到了就好。」

「妳缺人做飯嗎？」爺爺躺在醫院病榻上，用沙啞的聲音，握著奶奶的手說：「下輩子，我給妳做！」

一向吃苦耐勞，從不示弱的奶奶哭了，伏在床上大哭。

春風十里、百里、千里，

巴西里、糖醋里肌、牛肉脊里，

再多美食，全都不如妳。

像貓一樣的女友

　　我女友啊，她真的是一個悶騷至極的傢伙。初認識時，總以為她會很有距離，話少少的，只躲在熟識的朋友旁觀察所有人，但又很好笑的，只要你拋出她有興趣的話題時，就變了一個人。

　　「是不是！鍾碩超帥的，《皮諾丘》必看好嗎！？」

　　接著開始劈哩啪啦，跟你分享起她知道的一切。我也是交往後才理解，她這樣的女生，其實和距離感壓根談不上邊。她只是不太會表達自己而已，很愛顧慮東顧慮西，所以哪怕她對你也有好感，也喜歡你了，她都仍是要用隱晦的方式回應。內心一大堆說不出口的糾結，卻還是寧可錯過，也不主動踏出安全圈。

　　什麼高冷？根本十歲小女孩，說我房間的膠帶沒了，要幫我去全家買一捲，結果勒？

　　「欸～老公老公，我跟你說，我覺得這款泰式綠咖哩超級無敵好吃的耶！」

　　「喔？」

　　「真的啦，真的很好吃，一點都不像微波食品。」

　　「嗯嗯。」

　　「所以我買了三盒。」

　　「呃……那……膠帶呢？」

　　「啊！靠～」

　　她才走到全家，就忽然忘記自己是來幹嘛的了，最後只記得要買吃的回來。我都懷疑她活下去的動力，是不是只有吃，天天在老公我們午餐吃什麼？晚餐吃什麼？

硬要歸類的話，是貓系的吧？就跟貓咪一樣，你一直理她嘛，抱久了，她嫌你煩，嘟著嘴巴說一直抱很熱。可不理她嘛，久了她也受不了，就開始故意搔癢，在電腦旁邊扮鬼臉搞怪，摀住你的眼睛不讓你看螢幕，拿走手機威脅「看我看我！」簡直跟我家貓咪會躺在筆電鍵盤上太久不理她就開始把桌上東西往下推的行為，一模一樣啊。「齁，你怎麼可以拿我跟貓咪比？」

　　「妳不是喔？那妳跟牠差別在哪？」

　　「我吃比較多！」

　　「……」

　　講是這樣講，不過她有一點確實不像貓。

　　自卑吧？即使她從來不直接承認，可她總是若有似無地透露她覺得自己沒這麼好，不值得被我這樣喜歡，她配不上我。

　　奇異的是，我也這樣覺得。

　　她真的是一個很不了解自己好在哪裡的女生。有次我們去香港旅行，走到腳痠得不得了，於是隨便走進了一間中環的餐廳，想說點個小東西果腹就好。然而，才剛走進去坐下，當服務生將水和 Menu 遞給我們時，我的臉就刷白了。尼瑪，這也太貴了，把上面的價目直接換成台幣都捨不得吃啊。可是都帶女友走進來，還信誓旦旦地說要請她了，這時走實在太丟臉，正在我心想能不能刷卡時……

　　「啊！」她突然大叫：「想請問一下山頂纜車，再晚點人是不是會特別多？」

　　服務生愣了一下，點了點頭。

　　「這樣不行呀，我們還有行程要趕，不好意思我們先過去排隊，晚點有時

間再過來吃好嗎？」

接著就趕緊拉著我，連滾帶爬地逃出去。

「哇，那個價錢實在太恐怖了！」一出來，她就吐了吐舌頭。

「對不起，剛才說要請妳的……」我小小聲地回。

「幹嘛對不起，老公只有一個，可不能就這樣吃垮！」

「而且，反正嘛，跟你在一起，吃什麼都好吃。」

在城市燈光下映照的那個燦笑，讓我呆住了好久。

可能，男生和女生對於什麼是浪漫的理解，真的很不一樣吧？我玩遊戲，她就在一旁安靜地拿平板追劇，明明什麼都不懂，可看到我輸了，還是會走過來給我幾個抱抱，安慰一下。手機密碼她都知道，可她從來不真的看。

「不需要啊！」

「這是對你的尊重，就算在一起，你也還是該有隱私。」

頂多，就是把她在我 Line 裡的名稱有事沒事改一下，一下改成「別養青蛙了養我」、一下改「比貓重要的老婆」、一下又改「你何時要帶好吃的來哄我」……

不知道欸，可能在她的世界裡，能當我女友，是一件很有趣、很酷的事情吧？還有，她哭點真有夠低的，有次她無意間看到前男友放閃的照片，雖然沒有說，可神情顯得很難過。

「沒關係的，我不介意。」

我走過去，摟了摟她。

「他陪了妳很多年吧？我懂那種偶爾還會想起的感覺。」

「你不會覺得我這樣很不好嗎？都跟你在一起了……」

「不會呀，他是過去了，我卻有未來。」

「我只會想努力再對妳更好、珍惜妳，讓他有天就僅是個回憶。」

結果她就哭了。

還有一次，情人節，我特別去找她閨蜜問她喜歡什麼，並用打工的錢買了兩支她一直想要的 YSL 唇膏。

「你怎麼知道我要什麼色號！？」她拆禮物時驚呼。

「嘿嘿，不告訴妳！」

「齁，快說！」

「有做功課，去問的呀！」

「男生怎麼會有興趣研究這個？」

「有呀，知道自己喜歡的女生喜歡什麼，很重要吧！」

「唉呦，你這樣讓我很慚愧，那你也跟我說你喜歡什麼？」

「嗯。」

「妳呀……」

然後她聽到又哭了，真的是個愛哭又奇怪的女生（攤手）。

其實寫下這些，也只是想回應她對我的求婚。好吧，可能有些政治不正確，不過我這個老古板還是覺得求婚這種事，該由男生來。結果莫名其妙給她搶了。

有人說：「感情裡最好的狀態是像兩個人都忘記在談戀愛那般，自由自在地做各自想做的事。」我卻覺得不盡然。

　　最好的狀態該是除了自然而然，我們也都努力想去為彼此變成更好的人，一起閃耀、一起發光，一同去看到更大的世界，於是能從新鮮感走到安全感，再走回歸屬感。用不著什麼了不起的誓言，我也說不出口什麼文字優美的情話，單單的就是我喜歡妳，我願給妳所有。

　　從今以後，還請妳善待俘虜。

我將自己的所有給妳，雖然他時常粗心大意、不懂貼心，
偶爾會忘了妳重要的生日，簡直就是個路上處處有、俗不可耐的平凡男生，
可他有一點好是，愛妳。

是不是男生失戀就不會難過？

「嗨，歡迎來參加期初社大，妳是什麼系的學妹呀？」

這是我對晴的第一印象，活潑、大方、幹練且好相處，雖是社長卻沒半點架子，對誰都很友善。

「化學系。」

而我卻則是個不太善於與人打交道，在生人面前不太敢表達的女生，大多碎碎念在心底，非得熟一些後才會出現比較多話。獨自坐在這到處都是陌生人的教室，其實有點窘迫，懊悔自己幹嘛要跑來參加這場社團期初。

「哇，化學系女生很稀有耶！」

「欸欸～張 XX 過來照顧一下，這裡有你們化學系的學妹耶！」

學姊陪著我講話，替我介紹其他朋友，教我樂器的技巧，最後還指定我當副社長。

「以後社團麻煩妳了，妳比較細心，要替社長多注意一下細節。」

「好。」

「真的齁，他以後要不理妳就來找我告狀，我幫妳處理。」

「好啦，學姊放心啦！」

在送舊的聚會上，我還用力地擁抱住她，要她別再為我們操心，我會幫她看好社團。在社團之外，我們也會聊心事、會偶爾一起吃個飯、會相約去看展，我以為我們的感情還不錯。

我以為。

學姊沒幾個月之後走了，自殺。如果不是所有人都在哀悼，如果不是學校請了諮商中心輔導老師來安撫；如果不是社團同學相約去送學姊最後一程，如

果不是親眼看到學姊爸媽悲痛的樣子，

我不相信，怎麼都不相信。

不相信啊！

怎麼可能？那麼優雅、漂亮、好相處的女生，怎麼可能？

　　所有傳聞都指向為情自殺。學姊有個男友「軒」長得很帥、功課很好，家裡還頗有錢，兩人郎才女貌。我一直知道他的存在，可不熟，學姊也甚少提及。只聽說學姊走的那個晚上，他都還跟朋友在外面玩，渾然不知這件事；只聽說他們雖已走了三年，可卻仍有很多矛盾沒解決，近期吵了幾次架吵很兇；只聽說告別式那天，軒有來，但完全沒跟任何人交流，面無表情地參加完前頭儀式就匆匆離開了。

　　只聽說。

　　我不真的認識這個男生，我也不知道他們發生什麼，關於他們一切的事我都只能聽說。有人說：男生大概早就劈腿了，學姊發現後受不了才走的；有人說：帥哥就是好啊，反正男生也不會難過多久，再一陣子又會交個新的吧！有人說：人家家裡有錢啊，搞不好偷偷擺平了一切，誰知道發生什麼？傳聞越傳越盛，還有人在匿名版用暗諷的語氣指證歷歷。

　　我承認，即使我從來不知道這些傳聞是不是真的，但我有點恨他。因為除了他，我想不到任何理由，為什麼一個好端端、明明未來一片光明的女孩會選擇結束自己的生命。而軒，自始至終沒有對這些傳聞回應過一字一句，就好像默認了那般。

下一次看到他是在學姊那屆畢典結束當晚，我回社辦拿東西時，看到一個男生穿著學士服，就站在我們的社辦門口，透過玻璃窗向裡望，如雕像一般，一動也不動。

　　「有什麼事嗎？」

　　他彷若被嚇到了，渾身一驚，才趕緊轉過頭來。

　　「對不起，沒什麼事。」

　　可他臉上，全是眼淚，手上拿著的，是學姊的吉他──那把化成灰我也能認得的吉他。

　　「請問，我能進去看看嗎？」他拿袖子抹了抹臉，用還略帶哽咽的聲音問。

　　「嗯。」

　　他進去走了一圈後，找了個角落的位置，緩緩坐下來。

　　「妳有事急著離開嗎？」

　　我搖了搖頭。

　　他拿起吉他，彈了起來 。

「窗外陰天了，音樂低聲了，我的心開始想你了。」
「燈光也暗了，音樂低聲了，口中的棉花糖也融化了。」*

　　他唱得很輕、很柔，哭腔走音了一點，中途斷了一下落掉幾拍，卻仍是唱到了底。

　　他說，他知道我是誰，學姊曾對他提起過我，給他看過 FB，說是得力助手，

很慶幸有我。

他說，她最喜歡張學友，總講張學友是永久的歌神，後來的歌手沒一個能比的。

他說，她老嫌他唱歌走音，真是糟蹋吉他的才能，常虧你還是別唱，彈就好了。

他說，他答應過她，等大學畢業那天，他會學好一首張學友的歌，唱給她聽，讓她驚豔。

他說，他終於學好了。

可是，妳卻不在了，永遠不在了。妳還好嗎？在天堂過得還好嗎？偷偷跟妳說喔，我能唱完整首張學友的歌了，妳還聽得到，對嗎？

直到最後，直到他轉身離開社辦，直到他消失在黑暗之中，我仍舊不知道他們之間到底發生了什麼，不敢問，也不忍心問。但我肯定知道，那是真心愛，沒有任何意義他要來演一齣這樣的戲給我看，要演早演了，之前對他的恨，那些對他的攻擊，又是有多無知，多不公平。

其實，很多時候，這世界對男生遠比女生殘酷。男生就是這樣，帥的都是那樣，有錢的全這種德行，男生都比女生薄情，失戀也沒什麼。要往一個男生貼標籤，一點都不比女生困難，還殘忍地狠狠剝奪了男生傷心的權利。誰說，沒有表現出來的傷心，便是不痛了？誰說，沒有流出來的眼淚，便是無情了？又到底是誰說，失去一段至深的感情，男生受的傷，就會比女生輕了呢？

知道嗎？

這世上實際上沒有任何人，可以對另個人真正感同身受即便是天天聽人故

事，天天寫下故事，天天給人建議的我，亦然。隔著螢幕傳能遞出的情感，遠不到當事人感受的百分之一，悲傷從來都是一個人的事，沒有誰能真正理解另個人，也就更不會有誰有資格去指手畫腳，僅憑隻字片語的武斷，便隨意評價另個人。有誰能說出來，一個人究竟要多堅強，才敢念念不忘呢？

天下起雨了，人是不快樂，我的心真的受傷了。
我的心真的受傷了。
——〈我真的受傷了＊〉

＊編按：出自王苑之詞曲作品〈我真的受傷了〉

我討厭中秋節，更討厭妳

我討厭中秋節，更討厭妳，超討厭。

「男生真的很幼稚。」妳說。

「可我也是男生。」我不服氣。

「你不一樣啦，你比較像女生，我們這國的。」

妳老喜歡抱怨男生的幼稚，喜歡捉弄女生有夠無聊，打一下就跑有什麼好玩，但妳不知道的是，那些男生捉弄妳，其實是因為喜歡妳，喜歡妳氣呼呼的樣子，喜歡邊跑邊大叫站住的妳。

是的，妳不知道。

正如妳不知道我暗戀了妳十多年。

我們在里民辦的中秋聯誼烤肉大會上認識，大人再三嚴令禁止小朋友們靠近火，於是小孩就只好到旁邊玩耍，等大人吆喝烤好了過來，才會匆匆跑來抓幾串來吃。當時在玩什麼遊戲已經沒有印象，我只記得跑著跑著，跌倒了。整個人面朝下，仆到地上狠狠地摔倒，劇烈疼痛從傷口快速襲來，看著鮮血從自己身上汨汨冒出。

我真的怕了。

我會不會死掉？

「愛哭鬼！」

「以後不跟你玩了啦，這樣就哭，待會又要去告狀！」

在其他人都在嘲笑時，只有妳走了過來，用正吃著烤肉，還油膩膩的手把我拉起來。「哭什麼哭！」妳說：「有點男生樣好不好？」

說完，妳還轉身把所有人都罵了一遍。

「笑屁！人家才多大，你以前沒哭過喔？」

「快去叫大人來啦，他都流血了！」

那是妳第一句對我說的話，一邊說，還不忘一邊繼續舔口中的烤肉。

也是我第一次模模糊糊的動心。

崇拜？或許。

我呆愣愣地望著妳，那瞬間，痛都忘記了。

我們念同一間國小、國中，還去了同一家安親班。我們兩家住附近，感情越變越好，好到有彼此的備份鑰匙，忘記帶就會到對方家門口大喊借鑰匙。妳喜歡來我家吃我媽媽做的私房蛋糕，我喜歡去妳家吃妳媽媽炸的薯條與雞塊，成了妳唯一的男閨蜜。妳總是會把收到的情書拿給我看，和我一起嘲笑那些男生文筆有多爛，還寫錯字。

可，我們依然是兩個世界的人。校園就是社會縮影，即使身穿著相同的制服，依然區分著階級。受歡迎的、不受歡迎的、功課好的、功課差的、長得漂亮的、長得醜的。如同結界一般，誰也跨不去對方的那一邊。

妳聰明又漂亮，馬尾飄逸，又有雙深邃靈動的眼，而我卻只是沒沒無聞，沒人會多看一眼的普通男生，即使我站在妳旁邊，也像是隔了一道銀河，怎麼都跨不去的銀河。

「欸～你怎麼會認識禎的呀？」

「靠，介紹一下呀，沒想到你這麼厲害！」

從小到大，希望藉著我認識妳的請求沒斷過，妳倒也不以為意。

「就介紹呀，幫你交朋友也不錯！」

「不過先說好，我對年紀比我小的男生沒興趣，太幼稚了！」

我在一旁點頭附和，才幾歲談什麼喜歡，真的是太幼稚了。可真是對不起，我也是幼稚的男生。幼稚錯了嗎？才不是年紀小就不會愛，而僅是因年紀還太小，沒有機會來得及發現那真是愛好嗎？

伯母離世後，妳整個人都變了。妳對讀書失了興趣，扛起了家計，走了一條我無法走的路。台灣是一個憎恨小孩的社會呀。小孩必須要犧牲身為小孩的一切，才能換來成為有競爭力的大人的目標。什麼選擇？只有符合大人們要求的選擇才是選擇，其餘都叫玩物喪志，於是被逼著去高雄念書，要去念那間所謂很有希望的學校時，妳也選擇了附和。

「這是為你好。」妳說。

「高雄離屏東又不遠，你還是可以常回來呀！」

「可我想要留在有妳的地方。」

不知哪來的勇氣，我想對妳坦白，我不想要再當除了我喜歡妳，什麼都能跟妳說的朋友了。

「我知道，妳說過不喜歡比妳年紀小的男生。」

在我顫抖著還沒說完前，妳就吻了上來，任憑我瞪大眼得不知所措。

「女生是善變的，沒人跟你說過嗎？」妳嫣然一笑。

可我還是沒能留住妳。

第一志願又如何，還是高中生，什麼都不能做的高中生，我只能看著妳漸

行漸遠，只能眼睜睜讓這段感情歸於無。

「對不起！」妳說。

「未來有機會，再把我追回來！」

「好。」

我不怪妳其實，妳要的從不是我能給得起的。我本就不奢望擁有，我只想待在有妳的世界。但，我不能接受的是，妳連這麼卑微的請求都不留給我。

知道嗎？

在電話裡聽到妳選擇結束自己生命的消息時，我的腦中是一片空白，這是什麼惡作劇嗎？

不好笑，一點都不好笑。

難笑死了。

妳怎麼會開出這麼爛的玩笑？妳不是很成熟、很懂事、什麼都知道的女生嗎？那妳怎麼會不知道妳爸爸有多難過？一個頭髮花白的老先生跪倒在妳的靈堂前，雙手搗著臉，眼淚卻仍不斷不斷從指縫間滲出來，嚎啕大哭到最後，只能不停地乾嘔，我們沒有一個人敢去拉他。妳這個混蛋，妳根本什麼都不知道，妳不知道妳讓愛妳的人有多自責，妳他媽連活著就有希望的道理都不知道。

我討厭妳，有夠討厭妳。老是碎碎念著大道理，結果自己連最小的也沒做到。還有，什麼叫男生不能哭？男生也是肉心做的，為什麼不能哭？憑什麼管我哭？妳有本事來罵我呀，妳來嘛！

我就坐在當初和妳相遇的公園哭，妳快來呀！都五年了，妳已經從大我兩歲，變成小我三歲了。

　　妳到底什麼時候才要來？

　　妳到底還要我等多久嘛？

　　妳都不來，我是要怎麼把妳追回來？

　　我留這麼醜的髮型都沒變，就是怕妳有天回來會認不得我，知不知道啊，混蛋。回來嘛，回來反駁我一句，回來跟我吵架，回來，再罵我一頓好不好？

　　轉眼，又一年中秋了呀。

　　欸，先說好，下輩子要換成妳喜歡我喔，我保證不讓妳這麼累。

　　妳答應的話，我考慮就不討厭妳了。

　　真的，就不討厭了。

真的，有時候總是會想，是不是多說幾次真的，

有一天就能變成真的。

有被女生倒追過的經驗嗎？

有被女生倒追過的經驗嗎？我有，一共六次。請別誤會，我沒有半分想炫耀的意思。事實上，我一點也不懂為什麼這些女孩要喜歡我。

「你到底是不是 gay 啊？」高中的兄弟曾問過我。

「應該不是吧？我幻想對象是女的。」

「幹，屁啦，這麼多女生喜歡，你怎麼搞到一次戀愛沒談過？」

「沒遇到喜歡的吧！」

這是肺腑之言。誠實地說：我也有慾望，也曾動過先答應在一起，能和女生有肢體接觸，適不適合未來再說的想法，甚至在洗澡時，偷偷幻想過若我接受告白，要了對方的劇情。可良知過不去，我無法接受自己辜負別人交給我的喜歡，望著對方看我的眼神，我就是無法。

我也喜歡過人，但結果膽怯地連告白的勇氣都沒有，我一個男生尚且如此，那些願意對我告白的女孩，又到底是克服多少心理障礙，才說出口的呢？這樣的喜歡，若早自知回應不起，又怎能收下？

「我每天找你，會讓你覺得煩嗎？」

她是倒追我的第六個女生，社團不同系的學妹。

「是不會。」

「你說的喔，那就別怪我天天來煩你。」

「嗯，好。」

我沒有喜歡她，和前面所有女孩一樣，一絲細微的悸動都沒有。我知道她是好女孩，可正因為知道她好，我才更要求自己謹慎，別越過朋友的分際。雖然縱使隔著螢幕，我也能感受到她透過文字的小心翼翼。為了能跟我有話，她

顯然將我發過的文都讀過，我去過的餐廳、看過的電影，都這麼剛好也是她去過看過的。為了能在我心情低落時聊幾句，她蒐集了好多笑話，她會一個一個說，努力說到其中一個戳到我笑點，我跟她說我笑了為止。

甚至，為了能送我禮物，她找盡了藉口。

「呃……這是？」

她拿了一個抱枕，站在我租屋處門口。

「反叛的魯路修抱枕，想說你有在看……」

「我室友在看，我沒有耶！」

「蛤？可上次在社團，看到你播放清單裡有。」

「那是幫室友下載的。」

「喔，總之，那那那，兒童節快樂！」

若夕陽餘暉折射下的雲，她臉全殷紅成了一片。在我面前，她就像國小時極度想拿到優點卡，想表現好的孩子，從神態、表情、眼神到用字遣詞，無不用心。好像時時害怕會做錯什麼，讓我不開心，又好像只要我隨口輕易的一句話，便能點亮她一整天的心情。

大三，有陣子我全力在準備托福，托福考試非常貴，但偏偏想出國這是基本，我已經失敗一次，為了能衝高分，只能將自己和外界徹底隔絕，等我考完再次打開訊息才發現她出車禍了。

「跟你說喔，我出車禍了耶，人在醫院，很酷吧！」

「你有沒有住過急診室？這裡床還可以自動升降耶！哇賽～」

「我跟隔壁床奶奶變成了朋友，她跟我說好多故事喔，我說給你聽。」

「今天也還在忙？」

「欸，我是不是讓你覺得煩了呀？」

「那個……對不起，我不知道我做錯了什麼，能不能跟我說，拜託你！」

「能再給我一次機會嗎？我一定改，你說我哪裡不好，我都改！」

「罵我也好，能再回應我一次嗎？我好擔心你，我怕你也出事了，可是我找不到你……」

「不要嚇我，我在醫院整天只能胡思亂想，不要嚇我，求求你，不要嚇我！」

最後一封訊息，時間停留在昨夜凌晨四點鐘。

忽地，我想起之前婉拒她時，她的眼神如何變得黯淡；想起她那天送錯東西時，藏在語氣中的落寞，讀著讀著她所留下的文字，眼前就一片模糊了。

「之前準備考試沒看到，對不起！」

已讀，兩秒。

「哈哈啊哈哈，哎呀，那你前面當沒看到，有點白痴，抱歉！」

「妳在哪間醫院？」

我問了位置就飛奔而去，並在病房其他人的驚呼中吻了她。

在一起後才知道，我被套路了。她根本是個情史豐富，而且半點不害臊的女生，隨口就一句幹話：「欸欸～你幫我洗一下！」

「呃，是哪堆要洗？」我看著椅子及床上一堆堆的衣服，忍不住嘆口氣。

「不，是喜歡我。」

然後得意的瘋狂大笑。我為她前男友吃醋時，她直接搞色誘，臉突然靠近，耳邊輕呵了一口氣，就從脖子、臉頰、嘴唇，一路往上親。我忍不住起反應時，她才很壞的說，怎麼樣？可我現在只屬於你耶。

說好的清純女友呢！？

有時候，我甚至覺得她才是男友，我們進展到她要的，在她之前我什麼經驗都沒有，完全被調戲的份。

包容她給的，我在美國念書時，小鬧情緒，是她請了特休，飛來 Rhode Island 陪我，三天就回去。好不容易回台灣，才剛找到工作，連氣也沒給我喘一下就搶先求婚，到底是要我把男人的面子往哪擺啦？

就連在生產檯上發生羊水栓塞時，都只顧著自己一個人奮戰，讓我在門外乾著急，一點忙都不讓我幫。

媽的，現在醫學不是很發達？為什麼還會有死亡率這麼高的鳥事啊，妳也是個混蛋，都在不住抽搐、呼吸困難了，逞什麼強嘛。還有啞聲要我等妳，要等妳趕緊瘦下來，能跟女兒一起穿美美的回母校玩，要再去吃一次小木屋鬆餅。

混蛋，妳這個混蛋。誰要回母校，美食荒漠回去幹嘛啊，現在小木屋鬆餅滿天下都有了啦。

我只要我女兒的媽媽，我只要妳活著，妳到底懂不懂？

欸，以前都是妳對我說話，現在換我跟妳說了，我們女兒滿四歲囉。

對不起，我正式有第七個女生倒追，她說「爸爸，我喜歡你，以後我要嫁

給你！」語氣狂得簡直和妳一模一樣。

　　欸，我帶女兒回母校吃鬆餅了，人還是跟過去一樣多到很煩，究竟有什麼好吃的，無法理解。

　　欸，今天回去啊，我在浩然前看到一個女孩背影，好像當年的妳。

　　然後呀！我看了很久很久。

庭有枇杷樹，吾妻死之年所手植也，今已亭亭如蓋矣。

——《項脊軒志》

那些我從前任身上學到的事

本人男，二十八歲，跟剛成為前任的女友交往十年了，想來分享下我這十年來因她而認識到的女生真實模樣。請原諒我理工男，表達能力有限，可能寫不出什麼感人肺腑的故事，就簡單扼要地分析。

先來說說女生這種生物：

女生其實並不會因每天聊天，心就被聊走。

是因為先有好感才會想每天聊天，而後讓好感漸漸升級成了喜歡，沒好感的 msn 一直敲，只會被句點。以前念男校嘛，這功課我學了好久，還始終無法理解，為什麼我努力去對對方好還會被討厭，幸好她是個有耐心的女孩。

「我可以教你追女生嗎？」

在我又只知道拚命對她示好時，她微笑地對我說。

「你這樣太快了，會讓對方很有壓力！」

「其實你真的不差，有自信一點，稍微整理一下儀表，肯定會有女生喜歡你的。」

我愣在那裡好久。

「可是我不想要其他女生喜歡了，我能只要妳的喜歡嗎？」

這句話我從沒說出口，但每每想起那個當時，我總幻想著自己說出了口，一遍又一遍。

原來月經不是藍色的。

很智障我知道，但從小被廣告洗腦，私立國高中健康教育課永遠被主科借走，沒人教啊！我就一直真心以為月經跟廣告上演的一樣，都藍色的，而且只

會有一天。直到跟她交往為止，才知道原來多數女生經期都要二～八天，實際上也並不是每個女生都會經痛，即使是痛起來，每個女生，甚至不同時期都有很大差異。她忙到很累的時候，或特別虛弱的時候，經期就會容易亂，一個月可能都不來，也可能來了兩次，而一亂就會特別痛，拿她之前都不會這樣啊，去責怪她現在怎麼這樣，其實很不公平。

　　喔～對了，女生月經週期大概是二十一～三十五天之間，推薦問下女友，記起來偷偷推算，在她來的時候親自煮黑糖水送給她喝。真的有用，能緩解經痛，我特別去問過醫生確認，我記得我第一次這樣做，送到她宿舍門口，裝個小碗，親自餵她時，邊餵，她邊嘟著嘴哭。

　　「幹嘛哭？有這麼難喝喔？」我笑著看她。

　　「要你管！」

　　「好嘛好嘛，不要我管不要我管！」

　　「過來！」

　　「蛤？」

　　「抱抱啦！」

　　女生真的很奇怪，啊～不是不舒服？卻還有力氣把我勒得好緊好緊，心跳急促地好快好快，勒得我都要喘不過氣了。人家說女生不要惹果然是真的，能流血一星期還不死的生物，千萬不能惹。

女生喜歡你最明顯的表現，是囉嗦。

　　想想你媽怎麼對你的，就知道女生是怎麼去愛一個人的了，只有當開始在乎，才會想去狗狗一樣東聞聞西嗅嗅，像盤查那樣，徹底了解關於你的所有，

並試圖介入你的生活。

很累,誠實說。

我還曾剛見面,就莫名其妙被捶了一拳。

「???」我一臉懵逼。

「我剛剛夢到你劈腿,難過了好久,醒來的時候都哭了欸!」

「呃……」

不知道是不是所有女生啦,但我家這隻事後都會道歉,通常平均約在數十分鐘到幾小時內,就會自己小小聲來說對不起,及至交往中後期,這也少了。

「不必要了啊!」

記得應該是交往第五年的時候,我問過她怎麼好像都沒任性了。

「就……我相信你。」

「是覺得反正我長這樣,也沒人跟妳搶吧?」

「那也是~」她傻笑。

「乾!」

一個愛你的女生,要的不是你花錢,而是態度。

老實說,我以前覺得這句話很屁。啊~要怎麼證明態度,花錢啊,那說到底還不是花錢?這不講屁話。可後來卻驚覺,還是有幾分道理。剛畢業那時,還在試用期,薪水少得可憐,但我已承諾過她,讓她在寫論文期間包容我這麼久,等找到工作一定要好好報答的。於是我一咬牙,準備帶她去商場挑一支哀鳳。在我帶她走進蘋果專賣店時,卻是她慌張地拉我出來。

「你幹嘛?」

「答應過要買禮物給妳的呀！」

「那也不用買這麼貴的呀！」

「妳等我很久耶，而且妳手機不是一直怪怪的，哀鳳貴一點也可以用比較久嘛！」

她轉頭望向專櫃上的手機，彷若掙扎了幾秒，「不要！」她回過頭堅定的說：「我不要你花這麼多錢！」

最後她只讓我送了她一支二手的 5s，當時已經折到才一萬出頭的便宜了，她還多用了兩年，捨不得換。

「我男友對我真的很捨得，很疼我。」

「這支 iphone 就他送的欸！」

明明沒什麼的事，她卻在訊息裡這樣對姊妹炫耀。

女生真的會在愛你前後差異很大，而且越來越大。

常聽女生抱怨男生交往前後差很大，我想說何止男生，妳們女生自己也變很大啊。

漸漸出門就懶得化妝了，痘痘都懶得遮，欸～知不知道眉毛拔掉又沒畫，挺嚇人的啊。慾望分明也不小啊，還不是會自己解決生理需求，私底下根本比我色，有什麼臉說男生都是下半身思考。

剛開始幾次去她房間時都還會收拾一下，到後來就打回原形了，床上、椅上一落落全是衣服，搞了半天原來我比妳還愛乾淨。堅強都是偽堅強，在外面硬撐地跟女強人似的，好像天不怕地不怕，都不知道替自己心疼，回來後我不過說了句：「委屈妳了」，就哭得唏哩嘩啦！愛逞強又不講清楚說明白，嘴上

都說不要不要，最後強送個小禮物就感動老半天，覺得這樣很霸氣。原來，女生根本沒有當初想像得那樣美好呀。她曾警告過的，我個性很難搞、地雷很多喔，尼瑪全是真的，半點沒在跟你客氣。

「你都看完了，還喜歡我嗎？」

看著素顏，臉上散落著些許痘印，還少掉眉毛的她，我又愣了一愣。

腦海裡飛快跑過了這十年，她是如何嫌棄我，如何任性，如何難搞，如何根本就變了一個人。

我搖了搖頭。

「不喜歡，而是愛了。」

「只有妳愛我，才會讓我看到這些吧！」

「誠實說，我並沒有都喜歡妳的每一個點，但同樣的，我也並沒有辦法讓妳喜歡我的所有。」

「本來我們都是人，是人就有缺點，我從不打算要找個完美的女友，我找不到，也不配。」

「可我愛妳，而我理解的愛，就是不離開。」

若真要說這十年最大的差異，大概是十年前，在我們都還十八歲的時候，我聽到妳的一句晚安，我會興奮地整晚輾轉難眠；十年後的今天，再聽到妳說晚安，我只會想要趁機把被妳躺到麻掉的手臂，給趕緊抽出來，然後看著妳蓬頭垢面，睡眼惺忪地模樣，忍不住笑成了孩子。

以上，就是我跟交往十年的前任女友，最近剛成為我的新婚老婆的故事，分享給大家。

女生如何哄？

　　有男生表示無法理解為什麼女友來找自己求助時，他就告訴對方錯在哪，搞不懂怎麼對方還要生氣，是不是道理跟女友之間只能選一個？看看網路上，實際也有不少段子在談這個，好比爸爸要兒子先學會無條件先說道歉了，才能結婚之類的。但老實說，在我看來，這些都僅是偏激地將女性妖魔化，刻意打成無法講道理，所以不用溝通了，道歉就好。殊不知這種道歉反而更會激起女生心中的怒火，男方又覺得我已經退讓了，不然妳還要怎樣，終至吵架擴大。

　　關於這問題，我曾向許多女生調查過，為什麼女生會明明生氣了也不說？不說又希望問題能被解決，這到底是個什麼神奇心態？結果得到最多的答案，稍微統整一下，大概分為：

　　1. 覺得事情太明顯，相處這麼久了，只要有在乎自己就會發現，不需要她說。

　　2. 之前講過很多次了，不想再重新講，覺得再講也沒用，累了。

　　3. 基於隱私、不想鬧、不想顯得任性、不想戳痛點傷害到對方，說不出口。

　　4. 已經知道說了後，他會有的反應。

　　那所以怎麼辦呢？繼續向女生追問，那妳會希望對方怎麼反應的結果，稍微統整後大致是：

　　1. 自己先說出她最在乎的癥結點，讓她知道你其實知道，若不知道也請拿出懇切的態度承認你不知道該怎麼做，能不能告訴我？

　　2. 收起一副理所當然的態度，率先告訴對方我知道妳受委屈了，我之前也曾經犯過，對不起嘛！不小心又犯了，就是哄。

　　3. 看她所屬的類型，要嘛直接抓過來抱一抱、親一親，要嘛帶她去到處吃

吃喝喝玩玩，美食對 99% 的女生都有神效。

4. 反省一下，知道說這些她會不開心，就改變說些她愛聽的。

若以上這些你嫌太長懶得看，那從這裡看重點就好：「請學會優先體貼對方的情緒，再來講道理。」直白說，除非你是專業人士，否則絕大多數人，在找你求助前，對處理方法都已經有了底，她真正想得到的，是認同。你認同她的受傷是合理的，你認同她的難過、她的憤怒、她的一切。

假想你學測考差了，去找最要好的朋友訴說。

「喔，那就考指考啊！」

他卻冷冷地這樣回應，你有什麼感受？即使客觀而言，他說的「對啊，考指考啊，不然勒？」也沒錯，但就在那瞬間，你半點都不想再跟他說下去了。道理就在，他把你難過的情緒，當作沒什麼，否定你的情緒，把幹話當成理性建議一樣說，毫無幫助之外，還更戳中了傷口。

類似情況還有：

「看吧，早跟妳說了，他騙妳這麼多次了，妳怎麼還不醒？」

「妳現在才看到喔，這影片我早就看過了！」

「死不了人啦，妳又不是第一次了，還不是一下就好了。」

諸如此類，都是一樣的。

下次試試看優先處理對方的情緒，簡簡單單地把「這樣懂了？聽懂沒？」改成：「不好意思，我這樣有說明白了嗎？」把「隨便，我都沒差」改成：「沒有關係，給你決定就好，我相信你」一兩個詞彙的改變，接著再來給建議。

「乾，你真的很衰，沒關係啦，還有指考，我們一起拚啊！」

「別擔心，他不要妳了，妳還有我陪呀，我不會走鐘！」

就能產生天差地別的不同了。

當然，若妳是女生看到這裡，也請明白，沒有男生理所當然地要去了解妳，妳又不是段落大意，他幹嘛要懂妳？不懂妳本就是正常的。若他試圖努力去做，哪怕做得不那麼完美，也請盡量給鼓勵，讓他知道妳有看見他的努力，並且自己也該試著去了解他，拿妳要求他同樣的標準要求自己。

請切記，不論對男對女都是如此，「當你開始覺得感情穩定下來，這次必能走一輩子時，實際上就是最危險的時候。」

因為一切都理所當然化了。妳越來越懶得打扮，他越來越懶得浪漫，兩個人對於這段感情的投入會迅速減少，只以最低心力去維持。像打卡那樣的晚安、永遠都去同處的約會、了無新意的慶生、敷衍虛應故事式的道歉，最終只要投入一顆小石子，就能讓這段多年感情崩潰。

「沒關係，我不介意了！」

曾有位女孩分享，在她鬧完脾氣，打算去向男友道歉時，他說：「我累了，也不想介意了。」

以前怎麼吵都不怕，可在淡淡的這句面前，卻讓女孩寒毛直豎。果不其然，沒多久後，這段橫跨高中、大學的感情就以分手作結。常聽人說女生難搞，會任性、會忌妒，有一堆小情緒要處理，讓我告訴妳個大實話，男生更難搞，因為以上女生有的全部情緒，男生也都會有，差別只在多數男生都選擇不說，就任憑忍到最後受不了，讓感情崩潰。隨時記得互相，哪裡虧缺了對方，就要哪

裡自己補償加回去，是感情長久不變的原則。

如果妳要奢望男生不必說就懂，說了、要求了感覺就不一樣了，那就請妳在他不必說時，也得懂他，否則感覺就不一樣了。如果都做不到，就別以自己做不到的標準去要求對方。否則不公平感足以摧毀世間一切的感情，早或晚而已。

終究，天下沒有任何一種好，是理所當然不用回應的。

教你如何追女生一定失敗

開始前，先分享幾個故事。

案例一：

兩人因活動認識而開始聊天，本來女生對對方也是有些許好感的，可也就才認識第三天，出去約會第一次，男生就告白了。

「我覺得……我們還沒有很認識，能不能再相處久一點？」畢竟也有好感，女孩說得很婉轉

「喔……」

當天回去，男生態度就轉冷了，就連換女孩去主動也是被冷淡對待。過了幾天，發現男生已轉移目標，目標還是自己認識的人，一天認識，三天告白，七天又去喜歡下一個。

案例二：

系上學長，人很好，經常主動提供各種幫助。女孩也盡量以禮相待，畢竟

確實受過對方幫忙，而且也覺得對方人不差。隱約察覺對方有喜歡自己後，她也很明確說過自己還沒走出上一段感情，暫時並沒有談戀愛的想法，並拉出一段禮貌距離，避免誤會。沒想到學長卻強行解讀為只是現在不想談，等到有天她想談時，自己就理所當然是第一順位。

有次，女孩在期中考後，人生第一次跟朋友去夜店開開眼界，一輩子從來沒去過，多少有些好奇，加上組團一起行動感覺也還算安全，便答應朋友去。沒想到學長看到 IG 限時動態就大發雷霆：「我真的對妳很失望，沒想到妳是會去夜店的女生。」

「到底懂不懂得愛惜自己？幾歲的人了，照顧自己還不會嗎？」

「以後不准去了知道嗎？我不喜歡這樣。」

就是一種：哇靠！爸你怎麼在這裡？

案例三：

分組報告同組男生，報告份量很重，所以有陣子經常會傳訊息討論，但一陣子後，男方除了公事外，也開始會聊些五四三。女生起初覺得無妨，同學嘛，聊些生活很正常啊，不以為意。於是看到訊息會順手回回，平常忙碌時就放著。由於想趁假期多存一點錢，女生就接了大夜的工作，從此晚上都不能回了。

「我每天晚上都等妳，現在都等不到了，我真的不知道該怎麼辦？」

「妳不要不理我好不好，我做錯什麼妳可以跟我講。」

女生於是好聲解釋，自己是因為接了大夜，晚上有工作要忙。

「為什麼要做這個？妳不要做嘛，這麼累，學不到什麼，又才賺那一點點錢，妳這樣我會心疼。」

　　直白說：自我感動系，喜歡以悲情來情緒勒索，又甚少實際考量到對方處境，還喜歡隱含地用自己的價值觀瞧不起對方。

　　案例實在太多了，篇幅關係，我直接精簡歸納，常見的還有：

　　看照片就愛上，立刻能說我喜歡妳型，自以為浪漫，衝到對方宿舍門口去站崗；其實很恐怖型，活在自己世界，什麼都不了解；還有愛指手畫腳型、有女友仍在撒網的曖昧成癮型；同時喜歡無數個，都釣著慢慢挑的養殖業者型、一副就只想約砲，急著搶進度型等等。

　　老實說，我身為男生有時都覺得奇葩這麼多，難怪搞得我們其餘人這麼難追。寫這些，倒不是罵什麼，而是覺得當中有許多男生，實際也不是壞，他們只是真的不會。個人認為最大的問題，在於太多男生都太喜歡找 SOP 了。看看網路上一堆關於聊天時女生要去洗澡的段子就是，簡直搞得女生真的想洗澡都還不敢去了。再不然，就是喜歡歸到條件說，各大論壇逛一圈就懂，大概有八成文章可以歸類成一句：對方會不喜歡你，不用思考了，就你條件差啊，你若是高富帥，她就愛你了。

　　很喜歡把女生汙名化成一切只看利益似的，卻忽略一個最根本的問題，不管是條件也好，任何手段也罷，都只對特定人有用，沒有通殺的。你說帥？我告訴你多的是女生對太帥的男生會怕，覺得沒安全感。你說暖？看什麼暖法啊，以上舉例的男生，我相信他們都覺得自己很暖。不同類型的女生，所偏好的就不同，有些能被聊天聊走，有些一定要實際相處，有些以事業為最優先，有些需要天天黏著陪伴。

　　女生本來就並不是一個整體，哪來有辦法化約成就是怎樣的？

但我可以告訴你一個關於絕大多數女生，都會有的想法：即使她沒有喜歡你，也並不會討厭一個不會帶來困擾，溫和的追求者。在知道你喜歡她的同時，常見想法有：

　　「啊啊～你不要告白，不要啊，我不想又失去一個朋友 QQ」

　　「我覺得我沒你說的這麼好，你把我過度美化了，你喜歡的應該不是我吧！」

　　「怎麼辦、怎麼辦？我這樣回答會不會傷到人？」

　　有時候，還會有種感同身受，自己也曾這樣喜歡過一個沒有喜歡自己的人，能明白你所經歷的。若能夠，也想要能多少回應一點，能至少報答些許你的付出，可卻又深恐自己這樣會造成更多誤會，讓你白白錯過了其他值得的人。看著你眼眸裡所閃爍的光芒，忽然也想起自己的眼睛，同樣曾為那個人所亮。甚至真的好想也喜歡你，如果能喜歡一個也喜歡自己的人，應該會很幸福吧？就不會這麼多問題了。喜歡不僅不是劣勢，還是一個多多少少讓對方會因此對想認識你一些的契機。

　　所以你真正該做的，是先去認真了解對方要的是什麼，用對方所能接受到的方式付出。馬斯洛需求模型學過嗎？在感情中亦然。它可分成核心、安全、社交、尊重、自我實現等不同層次，就別說女生，不同年紀、不同文化、不同生活處境、經濟條件的人，對感情所需要的層次也會有所不同，本來就不是所有人都同一國的。

核心需求

　　最常見的錯誤即在：喜歡以自己的觀點，來決定什麼叫做底線。最常見的就是以為所有人都僅看長相，所以才會有諸如：「人帥真好、人醜性騷擾」的用語出現，把所有的錯都怪罪到沒長相上頭。要不然過度自以為，要不然過度自卑，但問題在於就先不說「好看與否」本身便不具有客觀定義，同樣有不少女生將太帥視為沒安全感的象徵。我不否認長相對於絕大多數女生而言具有重要性，但也就僅止於考慮因素之一而已，只要達到乾淨整齊，多數男生都能靠後天努力達成的最低標，基本都仍有機會；相反地，不管你有多帥，當你違反對方意願，都同樣是性騷擾。因此，你真正該做的是站在對方的角度去思考對她而言最重要的是什麼，好比：我就曾認識有極度熱衷於合唱團的女孩，將會唱歌列為她對未來男友的底線，無論對方有多帥多好看，只要對方不會唱歌，不能懂她所在的圈子，她就認為無法和這個男生走下去。你得明白，感情本來就不是能客觀公式化的，她愛設什麼就設什麼，與其妄圖改變，不如率先了解並試圖去迎合，光是能在底線以上，並指明告訴對方我知道妳最在乎的地方在哪，我了解妳，就已經贏一半以上了。

安全需求

　　在過去傳統父系社會體制下，女性提供的是繁衍，男性則是生存，誠實說這點哪怕及至今日都仍有殘存的痕跡。不信若你去查查男女性對於徵婚的條件

設定，男生對女性要求大多在於年齡、外表，女生則大多設定在經濟收入、穩定與否。可以說這也是現在兩性感情問題的一大癥結點所在，因為女性在現今社會的經濟地位已非同日可語，但傳統思維仍未根除，這導致男性越來越難達到過去設定出的標準，最後的焦慮爆發出來即為今日所見的仇女、痛恨崇洋媚外的 CCR、玩完才去把老實男生當回收業者的情況。然而以現今社會發展情況而言，男女都必須合作的雙薪家庭必然是未來主流，女性對於安全感的需求也會隨世代轉變，漸漸從生存，轉為心理層次。易言之，比起你能賺多少錢、讀哪間學校，你的個性、溝通能力、生氣時的情緒控管，能否是共同努力對象的重要性會與日俱增。

社交、尊重與自我實現需求

這就更難得多了，對於不同女生而言落差也會更大。好比對於喜愛旅行、戶外活動的女生而言，你能否與她共同探索世界就顯得重要；對於事業心重，人生目標在遠端的女生而言，你懂不懂創業的基本，能否和她起碼就這方面聊上幾句，有同樣高度的視野就是根本。很殘忍的，必須說這也是我看過很多對不只情侶，就是極要好朋友在內會逐漸失散的主因。如果你們的世界不同，不瞭解對方世界所長的樣子，幾乎必然的就是生活方面很多層面無法溝通，她抱怨國內航空 VIP 室沒國外的好，桃園機場服務真的待改進，你聽來像炫耀，你哀怨雞排怎麼又漲價了，工作枯燥又乏味她也無法理解，她嘴上說的歌劇、網球、歐美歌手你一個都不認識，你分享的漫威、電影、NBA 她也半分聽不懂。

在這種情況下不管你們有多愛，當感覺消失，時間久了後都極容易散，你們都無法進入彼此的社交圈，也因價值觀落差，很困難達到尊重對方在不同事情上的選擇，遑論在對方要自我實現時，能站在背後支持，成為對方前進的動力。說穿了，人與人之間要長久相處，本來靠的就不僅是好感，而更是觀點的交換。不過好消息是，只要你在核心及安全層次滿足了，原則上就已拿到入場券，後面的部分是可以靠磨合及培養慢慢累積出來的，好比：就算剛交往時沒有共同興趣，也能透過刻意的方式去培養一個出來。

所以你該做的是先去試著了解對方，滿足對方基礎的需求。如此，雖然仍舊無法確保你肯定能追到，沒有人是商品，感情本就沒有肯定這種事。但這樣的付出可以最大程度提升你感動她的可能性，並且最起碼，能替你換來一位也願意把你放心上的朋友。而不是對方一和自己價值觀不合，得不到手就要黑對方，慢熟要說難搞、撒嬌要嫌黏人，沒回你都可以酸高冷。

最後送一句話：你喜歡我，並不代表我就欠你了，好嗎？就別再說自己有多喜歡了。

其實你除了感動自己外，什麼也沒做。

不漂亮的女生不是女生？

　　不漂亮的女生，不是女生，不被當成女生。這件事情，我是在小學體會到的。

　　「喂，你們不要太過分喔！」

　　小六，我對著幾個拉女生肩帶的男生大罵。

　　「干妳屁事啊，八婆！」

　　「又不是弄妳的，長這麼醜，沒有人要用啦！」

　　「你再說一次試試看！」

　　說著，我就作勢要衝上前打人。

　　「唉呦，八婆生氣了，來追呀來追呀！」

　　我拿著直笛狠狠揮過去，鬧到了雙方家長都來學校。

　　「明天去道歉。」我爸嚴肅地說。

　　「我不要！」

　　「妳這小孩是怎樣？翅膀硬了是不是？」

　　我爸拿著皮帶往我身上抽，一遍又一遍。

　　「妳道不道歉！道不道歉！」

　　「我不要，我沒做錯，我不要！」我跪在地上，咬緊了嘴唇，全身顫抖，繼續頂嘴。

　　被打了多久，我已經忘了。

　　我只記得身上浮現一條條清晰可見的血紅；只記得被打到一旁的媽媽看不下去，衝上前來護住我，哭喊別打了！只記得當下拚死忍住沒哭，我不准自己哭。

只記得，那晚是一個雨夜。

我在被窩裡，聽著窗外淅淅雨聲時，沒來由的，突然淚流不止，從無聲的掉淚，到嗚咽地抽泣。我將臉悶在枕頭裡，哭到無法自拔。

我有錯，其實。會打這麼用力，是因為我知道，那男生，他說的是真的。從小到大，其他女同學被掀裙子、被彈肩帶，而我永遠是那個最安全的，不只是我兇，更是他們對我沒興趣。「龍、肥、醜、胖、豬」這幾個字總會在我的綽號中不斷重新排列組合，我也不介意了。或者說：介意，又能如何？與其被攻擊，倒不如跟著自嘲，能過去快些，漸漸我領悟到一件事，那些對女生的優待，從來只適用在漂亮的女生身上，若不想被欺負，有兩條路，第一：夠兇，對方會怕；第二：人緣夠好，有足夠多的人會支持妳。

而我選的是兩條都走，軟硬兼施，該兇兇，也努力去對朋友好，累積聲望。

到有一天，我不認識自己。

高二那年，喜歡上了一個大學生，補習班的助教，很平凡又膚淺的喜歡，就只是在他專注教我的眼神中迷了路罷了。我用盡全力壓制住悸動，我知道不可能，清楚明白，他不是我能喜歡的人。龍，是沒有喜歡人的權利，那會給人帶來困擾，甚至讓人噁心。高三學測前，補習班最後一堂課了，老師正在台上口沫橫飛地替同學做最後複習，可我滿腦子想的，卻是究竟要不要去要聯絡方式？他會很困擾嗎？但這次錯過沒機會了，只是當朋友還好吧？

就在我內心反覆掙扎時，時鐘已悄悄轉到了九點半的下課時間。近百人同時站起，窸窸窣窣地收拾著東西，準備魚貫離去，他也起身要走了，怎麼辦？

在他踏進電梯，而我和他之間還隔著長長人龍時，我決定衝了。

電梯門闔上的瞬間，我轉身用所能最快的速度，邊走邊跳的衝下樓梯，終於在他等紅綠燈時，追上了他。

「我可以……可以跟你要 FB 嗎？」邊說我還邊喘邊緊張的語氣結巴。

他似乎也為這幕所愣住了。

「呃……可以呀！」他的表情從錯愕到微笑。

我們開始天天聊天，他貼心教我功課、他在學測後約我出去。

他要了我。

跟作夢一樣，那段時間裡，我總會偷偷捏自己一把，確定這一切是真的。我努力讓自己變漂亮、化妝打扮、控制飲食、穿他想要我穿的衣服、配合他想要的一切，能被他稱讚一兩句都好。

一句乖都好。

原來我會有人要，原來我還能被喜歡。原來，我也可以是女生。

直到，我發現他原來有女友為止。喜歡過一個不喜歡你的人，喔～不，抱歉，讓我稍微修正一下，喜歡過一個嫌棄你的人嗎？這件事是他女友發現的，她把對話截圖全傳給我看。

「妳看照片也知道，她長那樣，我不可能喜歡她。」

「一開始就是她來搭訕我的，我本來就只是好心陪她，也沒想到會這樣。」

那個姊姊跟我說抱歉，他是個爛人，問我說需不需要讓家長、補習班知道，她能提供證據。

「不用了，謝謝。」

我癱坐在椅子上，怔怔看著那幾張截圖很久，才強迫自己打出這幾個字。

我的青春，在那瞬間，碎了一地。

日子仍要繼續。

我依舊跟朋友嘻嘻哈哈、依舊對安慰我的人說著沒差，就好像，這一切從不曾發生過一般。看著我自己打在螢幕上的哈哈哈哈，反過來安慰我姊妹所打的，哈哈哈哈。

我竟然看得哭了。

我笑不出來呀，根本笑不出來，誰笑得出來？

可我卻依然逼著自己打出這些字，依然逼著自己假裝無所謂。

活該嘛。

活該沒有人了解我。

為了要擺脫醜的標籤，我讓自己成為了個沒人能懂的人。討厭帶給別人困擾，討厭尷尬，更討厭自己軟弱的一面被赤裸裸地揭露。我把所有的情緒都藏到心底深處，用自嘲、用玩笑、用幽默、用無所謂層層包裹住了自己。我能哭，我能忍，我能獨自捱過所有，但我不能被瞧不起。我時時刻刻都在恐懼自己會被瞧不起，就算是交朋友，只要發現對方可能有這傾向，我便又立刻將自己藏起。

什麼高 EQ ？活得沒底氣，不被愛，怕失望而已。不漂亮的女生，不是女生呀。為了生存，小心翼翼的隱藏起個性，去成為能被大家喜歡的人。老是自卑自憫，自導自演，到頭來跟對方根本一點關係都沒有。

可，為什麼我要當女生？為什麼我要管別人到底把不把我當女生？他們怎

麼想，重要嗎？累積一群不瞭解妳的朋友，戰戰兢兢害怕在乎的人會討厭妳，這種日子快樂嗎？

　　喜歡下雨嗎？我很喜歡。尤其喜歡那種綿而細，淅瀝瀝打在屋簷的小雨，沖個熱水澡，再邊看部影片邊把頭髮吹乾。關上燈，躺在床上就靜靜聽窗外的雨聲。

　　「滴答、滴答、滴答、滴答……」

　　就好像，所有煩惱都能被洗刷而去、就好像，只要躲在溫暖的被窩，輕閉上雙眼。

　　隔天，便什麼都能過去，總能過去，總得過去。

　　一個人也很好呀，沒有牽掛，沒有絕望，也不會有傷害。

　　當女生？

　　累了。

　　我只想當我自己。

　　沒有人能在你背後守著你，代表的是：你自己一個人，那也可以。

化妝與不化妝

　　我是一個很愛化妝的女生。高中起，我就花很多時間在研究化妝。但是，我從不覺得素顏就代表什麼，也不認為自己有什麼特別的；我不懂的是，為什麼單純只因為我化妝，就要被貼上一堆標籤。

　　「她能上成發不就靠臉勾引學長而已，哪有什麼實力？」

　　「搞不懂高中化什麼妝，超假掰！」

　　「她學測那麼低也申請上，教授看她正吧！」

　　於是，沒有人在乎為了能上成發，我天天留在學校練舞到天黑，沒有人在乎我之所以堅持天天化，不過是國中時沒好好保養，留下了痘疤，我只是想用簡單的遮瑕給自己一點信心。沒有人在乎我曾花了多少心血在科展上，我對數理有多熱愛，總級或許不高，但起碼我最喜歡的自然、數學是滿級分。

　　我所有一切的努力都不重要了。只因我會化妝，我得到的一切結果都能被簡單化約成靠外貌而來，一點料都沒有。

　　沒關係，我可以不在意的。我總在心裡對自己這樣說，任憑她們講，我問心無愧就好，等上了大學一定不會再發生這種事。

　　我錯了，大學更嚴重。

　　高中的夢魘，在大學只有更加倍的重演。單單因某學姊的男友主動來找我聊天，明明就很客套，什麼都沒有的內容，也被繪聲繪影得傳成介入別人的感情，只因我沒有回完所有傳訊給我的人，就變成選擇性回覆，只挑高帥的男生回，對其他人刻意冷淡，態度有差；只因為我的臉書裡有幾張自拍照，大部分僅是為了賺生活費，不想給家裡造成負擔所接的模特兒代言，我就成了無腦、愛玩、靠賣肉的花瓶。

「妳讀書這麼認真幹嘛，找個有錢人嫁就好啦！」

「漂亮真好呀，什麼都不用做，男生就搶著幫忙！」

「她也不是真漂亮，靠化妝而已，妳沒看過她晚上素顏的樣子，痘疤超多！」

面對所有的酸言酸語，我只能掛著微笑，假裝沒聽見，假裝沒有每聽一次，心裡就彷若又被狠狠刺了一次，一個已經被貼上特權標籤的女生，是沒有話語權的。

沒有人在乎。

反正妳正呀，已經夠爽了，還有什麼好說的？妳的喜怒哀樂很重要嗎？公主病呀？

「可以不要嗎？我不想跟不會做事，只知道靠男生的心機女同組。」

大學開學，某課第一堂分組，就在我轉身，想加入身旁幾個女生時。其一直接當著所有人面，對她的室友這樣說，用能讓所有人都清晰可聞的音量說。

我愣住了。

好像有人突然對我喊了整整石化。我只能看著她不屑的側臉，一動也不動。我不知道我該怎麼反應。我好想對著她大吼：這不是第一堂課嗎？妳認識我嗎？我們相處過嗎？若都沒有，妳憑什麼？妳到底憑什麼？

「學姊早警告過了，反正我不想跟她同組啦！」

原本鬧烘烘的分組現場瞬間安靜了下來，大家雖然沒明說，卻都把眼神向我投射了過來。

「那來我們這組吧！」

一位女孩站起來說：「我們這組沒有男生，不擔心這問題。」她故意也用了比較高的音量，對著那個同學說。

她是一個戴著大大圓圓粗框眼鏡，還留著就是最嚴格髮禁也能過的短髮，充滿書卷氣的女孩。

這一同組，我跟她與另兩個女生感情好了四年。

「欸，妳每天這樣要化多久呀？」

一次我在補妝時，她就像看魔術那樣，在一旁津津有味地觀摩。

「看情況吧，趕時間五分鐘，比較充裕的話大概十五到二十分鐘。」

「哇，妳太強了，下次也教我！」

「好呀！」

可任憑我怎麼仔細教，似乎都沒用。

「我懶嘛！」她說。

「而且什麼煙燻妝、自然妝、韓國妝、歐美妝，我只會鬼臉妝啦，就是全部都白白的。」

說著，她還用手指頭，對著自己臉繞圈，誇張地比劃了一下。

她在大學四年間沒交過男友，可一去美國留學，就旋風式交了一個。

「哇賽，真的假的！我都打算跟妳終老一生了勒！」

「嘿嘿，可能我在這裡比較有市場！」

視訊中加州陽光的燦爛，透過樹葉，如繁星般一點點的撒在她幸福洋溢的

臉上。我至今教不會她化妝，但在我心裡，我也從沒認識哪個女孩比她更美。

　　我是個不會化妝的女生，倒不是不愛而是不會，大學前都在鄉下念書，高中會化妝的真的鳳毛麟角。所以剛上大學時，一直躍躍欲試很想學，有天看到室友在畫，就心血來潮想說先跟她借來試試看。想當然耳，什麼招也不會嘛，就一個勁地往臉上抹。

　　「嗯……」

　　室友看著我化完的妝，貌似在思考如何評價，不斷欲言又止，沉吟了許久。

　　「怎樣啦！！」

　　她默默打開零錢包，拿了十塊出來。

　　「刮開有獎嗎？」

　　「乾！」

　　然後我就放棄惹。

　　喔～好啦，其實更關鍵的原因在懶吧？假設早上八點的課，室友大概得六點四、五十分就起來，洗臉刷牙、弄頭髮，然後匆匆挑衣服、收包包（包包哪款都還要挑）、選鞋子才能出門。

　　而我呢？

　　我平均約七點四十起床，七點五十就站在門口催她快點，都要遲到了搞什麼。可以多睡快一個小時啊，這還不加回來卸妝省下的時間勒。室友也不是沒想教過我，我們還一起去挑過化妝品，但結果就是化妝品買了，硬是放在那等著發霉，我都不確定過期沒。而且不是我在講，平常看她們畫挺容易的，不就

在臉上塗塗抹抹嘛！哼哼，我小學美術也拿過優等獎啊。

　　但自己畫起來嘛！這樣說吧，我也嘗試在出門前化過了幾次全妝，照照鏡子，又默默全卸了才敢出去見人。有時跟她們聊起天，我都懷疑自己應該是男的。什麼磚紅、紫紅、櫻桃紅、梅紅、洋紅、玫瑰紅、粉紅、朱紅、淡雅紅，猩紅、鮮紅、淺珊紅……

　　乾，元素週期表喔？

　　我看來就紅色啊，口紅就都是紅的，它就叫口紅啊，不然勒？到底差在哪啦？再一問價錢。哇靠，小小一支就要上千，還要這麼多色號，妳們乾脆直接把新台幣貼臉上算啦。哎呀，罷了吧！就默默安慰自己反正化不化都醜，還是把錢省下來買吃的實在。

　　不過還是要說，我跟室友處挺好，打破了許多我本來對愛化妝女生的刻板印象。鄉下人嘛，在來台北之前，也忘了聽誰說的，反正大致內容就是什麼台北女生很冷漠啊、有很多小心機啦，要我自己保重。我腦中浮現的畫面，就是八點檔裡那種濃妝豔抹，很有手段，一討厭起妳，會微笑著弄死妳的那種女生。

　　結果，一點也沒有啊。不笑的時候看是看起來兇了一點，但熟了後笑起來根本跟神經病一樣，什麼都寫臉上，哪來的心機？嘴巴偶爾是有點壞啦，不過刀子嘴豆腐心，嫌棄完也是會默默幫呀，可能比較沒那麼直接，但也是很暖的。生起氣來，還不一哄就和好，再過久一點想一想，她自己也會反省，開口向妳道歉。遇到事了，立刻沉著下來應對，直到結束，妳安慰她幾句，卻也會立刻崩潰，大哭給妳看。

　　一語總結，用層層理性與各類包裝圍繞自己，當作保護色的傻大姊，如此

而已。

在我們同寢，還有另個外系女孩，好像學校附近有親戚家可住，所以宿舍就是買個床位，比較少回來，跟我們都不太熟。有次期中考週，猜想她可能想說方便，就回來寢室住，我們也知道人家科系課業重，她在的時間都盡量輕聲細語。

翌日早晨，室友如一貫的六點多起床化妝。我敢保證，她動作已經比平常還要更輕了，連關門都小心翼翼的，就不過蓋子蓋的時候多少會有一點喀喀聲，想避免也很難。

「妳夠了沒有啊！？」她突然從床上坐起來，對著室友大聲說。

「現在才幾點，妳在那邊弄化妝，妳到底來學校是念書還是選美的啊？」

「有沒有搞清楚，不是每個科系都跟妳們一樣爽的耶！」

室友愣住了，我和另個跟她同系女孩也都是。

「嗯，對不起，我會注意。」

室友沒說什麼，僅抿了抿唇，就點點頭道歉，我正想張口發難，卻被室友示意制止了。

「她昨天好像讀書讀到三點多才回來。」

一起走去教室時，我還有點憤憤不平，室友卻這樣對我說：「可能壓力大，多少有些情緒吧！」

「而且確實是我吵到她，也是我理虧，就算了吧！」

從此，室友只要她在，都是直接走去公共浴室站著畫，從沒抱怨過一句。

好，這些也就都算了。室友的男朋友，跟她是同系的，有次她們系上辦 OO

之夜，反正就有些活動，室友也過去捧男友的場。在謝幕時，男友邀請室友站上舞台，反正就說了些感謝的話，很謝謝女友一直以來給我的鼓勵和陪伴，雖然不是我們系的，但她其實默默做了很多事，一定要讓大家知道之類。

語畢，親了臉頰一下。

此舉引發台下一片鼓掌叫好。

「真的郎才女貌耶！」其一不認識的同學說。

「還不就靠化妝！」她在一旁卻直接回。

「我跟她同寢啊，每天一大清早就在那抹抹抹，吵都吵死了！」

「反正現在男生就喜歡這種膚淺的！」

幹，我聽到一陣火直衝腦門：「對啊對啊，人家就膚淺嘛，膚淺到有這麼帥又貼心的男友欸，不像那些不膚淺的，都找不到，好可憐喔，嗚嗚嗚～」

「啊，我猜那些不膚淺的，可能都沒化過妝，不知道化妝好看也是要底子的，還以為人家會化妝的卸了妝也沒自己好看吧！」

「這世界上總有些人哪，看到人家漂亮就說靠化妝，身材好的就說是修圖修的，所以自己才能心安理得的擺爛嘛！」

「反正什麼都可以賴給化妝，再不然就嫌男生眼光都太爛，真的是好方便，好棒棒呢！」

那瞬間讓我深刻地意識到，化不化妝跟一個女生好壞，半點沒關係。原諒我宅女一個，我認為化妝這件事就跟玩遊戲時花錢一樣。妳不花錢，這當然是妳的自由，可就接受人家花錢的比較容易升等啊。對多數人而言，只要懂了方法，本來就是化了妝比較好看，不然要發明化妝幹嘛？當人家坐半小時在鏡子

前許願逆？跟我一樣懶又窮，就腳踏實地的靠其他方面提升自己呀，人生又不是只比外貌。啊懶得提升自己，只會眼紅他人的成功出張嘴酸，說得好像人家不化妝妳就交得到男友似的。

外在輸了妳還可以靠化妝，內在輸到這地步，我看這輩子是無望了。

如果要說寫故事這麼多年，我得到了什麼體悟？

其一就是若我要讓所有人都滿意，我便只能寫廢話。好比：女生是需要疼的，但也不能疼得過度，你要認真向前，但也不能只顧著向前；

甚至，即使是這樣，都仍有人能夠罵。

到頭來，不如簡簡單單地做自己，放寬心些，在乎那些同樣在乎你的人，聽取有建設性的聲音就好。

三人以上的友情

常常聽一些人抱怨，尤其女孩居多，覺得三人的友情到最後變成兩個人，加上一個附庸，表面上大家都朋友，好似沒有區別，可實則脆弱得可以。只要一遇到限制人數的分組，餐廳、捷運、車上、電影院只剩兩人靠一起的座位，立刻現出原形。

總有一個人，經常要自己找新的組，默默站在一旁，一聲不吭地承擔一切。很多時候，即使跟她們在一起，妳也還是覺得只有自己一人，妳知道她們更要好，彷若有個無形的結界，妳跨不進去。

反之，她們也覺得是妳沒有認真融入，她們有嘗試要給妳機會啊，是妳不要的。可問題就在妳不是不要，是妳知道要了也尷尬，這種基於同情、勉強、好像該這樣做比較好的施捨，妳寧可不要。說到底，就是頻率不在一條線上。

我舉個實例：

「欸欸，OO 剛上映，感覺評價很棒耶，要不要一起去看！？」

「我跟她已經去看過了耶！」

對於問的人感到很受傷，為什麼沒有約我？為什麼妳們去我不知道？但站在回答的人角度，合理的理由也可以有千百種啊。剛好碰到就約了、以為妳一定會跟男友先去看、覺得妳應該在忙沒空、認為妳對這部片不會有興趣。

更直白地說：為什麼這麼小的事情，需要跟妳報備？

我覺得這也是男女生對於友情態度的常見落差，男生對這種事大多覺得沒差，至多罵聲「靠北，是都不會揪的喔？」女生就要看人了。若這三人都是隨興沒差型，不會在乎這種事，就比照男生友情模式。若其中有主動有被動，有話多有傾聽，有吵鬧有安靜，這就麻煩了。因為通常而言，那個較為主動的女

孩會引領三人情感的走向，決定往東往西，決定要吃什麼，決定聊天話題，但每個人每天的交際額度都是有限的，如果超過就會產生所謂「交際宿醉」。具體徵兆包括：只想躲起來自己一人，想趕緊離開群體回房休息，一句話都不想要再多講等。在多人行友情情況下，勢必就要面臨選擇，故事要跟誰說？如果跟 A 說，又要跟 B 說，很容易太累；就算堅持都講，版本和細節程度也肯定有落差。

你說同時說解決啊！先不談現實執行上的困難，情感上對多數女生都會覺得怪，有些事太私密，只想告訴那最信任的。有時有更為複雜的情況，就是三人不是同時認識，而是 B 介紹讓 A 和 C 成為朋友。在這種情況下，A 和 C 只要稍微更要好，都很容易讓 B 覺得自己被排開了，原本的友情等級被調降。

「怎麼這樣？不是我介紹妳們認識的嗎？為什麼被拋棄的會是我？」

哪怕 A 和 C 沒這意思，由於 B 對 A 太在乎，都很可能造成這個走向的發生。兩人是伴，三人以上就成絆了。唯一解決之道就是不在乎，別這麼敏感，這又分成幾種可能：

1. 總有一人在默默吃虧，忍著不說。
2. 三人都隨興，同上。
3. 三人已經要好到有安全感，將友情昇華到近似親情的程度。

也唯有這種能超越歲月的限制。妳知道有哪裡不爽，直說啊！她們兩個很願意改；妳知道她們沒找妳，肯定是有理由，連問都不會問；妳不會擔心傳訊到群組，會被尷尬地永久已讀不回；妳不會擔心她們將妳排除在外，有也是為了給妳驚喜。任何猜忌的本質都是不確定，妳不會因為爸媽獨自出去沒約妳，

就開始惶恐他們是不是不愛妳了，原因就在此。

說穿了，大多友情會散，主因都是因為建立在恰巧相逢的基礎上。合作共生，這本來就是人類的天性，國高中、會考、學測、畢旅、迎新、寢室、分班，跟旁人合作，總比一個人好啊。絕大多數友情都僅是這種功能性取向，久了就會生感情。別說對人，書包揹久了都捨不得丟，櫥櫃裡是不是還放著過去的制服、包包、鞋子、日記？照片都還會捨不得刪勒！功能性結束後，價值就已不在這些東西上，而是曾經的自己，妳捨不得過去的那段歲月，這些東西不過是乘載罷了。若友情僅止於如此，那便注定只能是偶爾聚會時回味用的，因為回憶是禁不起長久咀嚼的，講多了必定膩。只要有功能性更高的出現，就會把妳淘汰了。

友情要長久，需要建立在真正的彼此認同上。妳們就是在一起會快樂，可以把恐怖片吐槽成歡樂片；可以在無趣的地方拍出無數搞怪的照片，妳們可以交換觀點，而不只是訴諸感情。個人認為達此程度，最明顯的標準是：「誰都不用在誰面前，拚命演得好像自己很厲害的模樣。」友情就是為了友情而存在。

若到達不了這程度，真的毋須浪費時間假裝自己有多少朋友，越維持只會越痛苦，自我折磨半天，對方還覺得是妳有問題。

最後送一句話：「找個能交心的人在乎吧，妳試圖合群的樣子，真的很孤獨。」

男女之間有純友誼嗎？

　　從小，我就跟男生處得比女生好。沒有貶低的意思，我相信真有那種很要好的姊妹，只是我不覺得會發生在自己身上而已，我碰到的都是經常莫名其妙要好，又莫名其妙為一點小事又變得生疏型的。我從來搞不懂，為啥可以為共同討厭一個人變成朋友？又為啥可以因對方和誰好、喜歡誰而分開？這不是小學後就該絕跡的事嗎？

　　可能，我根本不是女的吧？如果是跟一個深交不錯，跟兩個勉強，三個是我看過要好的極限，四個以上就是災難開端了。誰跟誰總是有點什麼衝突，約誰就不適合再約誰，一下好一下又不好，表面一團和氣，私底下暗潮洶湧，雞毛蒜皮小事也要放心上。誰不小心落了單、誰想去的地方沒有去、誰的生日少了什麼，都可以無限擴大成要絕交的矛盾。

　　累～死～了。

　　不敢說全部，但就我的觀察，女生三人以上的友情能長久維持，多半都是其中有人在默默吃著虧，不說而已。有成群結隊僅是順勢走在一起，可以一起吃飯、唱歌、逛街，甚至在同一個屋簷底下生活，卻從不覺得對方是朋友。我也看過一堆已認識多年的姊妹為了一句話就說掰掰的，任憑一方如何委屈，如何苦苦挽留，都還被嫌棄或無限利用，友情裡的工具人數都數不完。倒不是說男生就不會有這些，可起碼有什麼不爽比較能直說，不容易把小委屈忍成無法挽回的傷害，所以在我的生命裡，女生朋友當然也還是有，但最要好的一群幾乎都是男生為主。

　　你說有沒有男生告白，或被朋友喜歡過？有啊，所以呢？在友情之中被喜歡沒什麼大不了的啊，這是誤解了對男生而言喜歡跟愛的落差吧。多數男生的

男生也好，女生也罷，
一個人能有多不正經，
就能有多深情。

不正經，因為在你面前，
我可以當自己。
這一面，我只給你看，
只屬於你。

喜歡本來就不會很困難，稍微正一點又對他溫柔的女生，少說 70% 的男生能迅速喜歡上。可這程度的喜歡，他可以同時給好幾個女生，直白說，就是喜歡妳，一點都不妨礙他繼續喜歡其他人。但拿這點去怪男生感情不專一其實很不公平，對男生而言本來就還沒正式開始，我都認識一下，確定跟誰合適不行嗎？又還沒給承諾在一起，妳在選我也在挑啊！

以我其中一位哥兒們為例，他曾喜歡過我。好啦，其實他應該是把周遭能喜歡的女生都喜歡一圈了，我們電資院的女生本來就少得可憐。不過他不死纏爛打，知道沒被喜歡，就換下一個囉。

「乾，你這樣會被黑死！」我嗆過他。

「我也不想啊！」

「這邊女生就幾個，不然怎麼辦？馬的～女友超難交！」

「那不要為交女友而交女友啊！」

「我沒有好不好，每個我都是認真想在一起，是人家不喜歡我，怎麼辦呢？」

這對話發生在很久以前。他後來在大二下終於追到了一個中文系女孩，從此徹頭徹尾地變成女友狗，凡事都以女友為先。

「抱歉，沒有其他人在，我不能陪妳去看。」

某電影上映時，我問他要不要一起去，我知道他愛看。

「喔～好啊，不過為啥？」

「怕她不開心。」

「我有跟她說過曾喜歡過妳，她嘴巴上都說過去沒關係，但我知道她一定

還是心裡會有疙瘩。」

「她受過傷的，我不想再讓她難受了……」

他語氣溫柔的，讓我有種尼瑪，是中什麼毒了啊！愛情真恐怖的感受。這就是男生對愛與喜歡的差別吧？喜歡可以輕易給，可只要一旦到了愛，就會純潔化所有和周遭女性的關係，頂多看片幻想而已。

「講真的，我不覺得妳拒絕他的告白有什麼好怕尷尬或難過的。」

有次被系上學長告白，正煩惱該怎麼辦時，群組裡一個兄弟跟我說：「如果一個男生單因為妳拒絕他，就不跟妳當朋友，只代表他對妳從來不是友情，遲早要失去的。」

「反之，如果他選擇留下來，那當沒事人相處就好，友情沒這麼容易被破壞。」

經過幾次親身試驗，我深以為然。

大三，輪到我失戀，此時周遭幾個兄弟都有對象了，換成他們拉我出去，還派女友來安慰我。我心情低落了將近半年才走出來，決心振作，便打算申請去尼泊爾當國際志工。

本來就想去了，只是一個終於下定決心的契機，把自己拋到台灣外，專心服務別人，也去看看不一樣的世界。

沒想到說明會上，那幾個混蛋竟然都來了。

「你們來幹嘛？人家辦說明會，你們來湊什麼熱鬧？走錯路喔！」

「什麼湊熱鬧，靠北，要陪妳去啊！」

「妳一個女生，我們不放心。」

看著他們幾個，我哭得一塌糊塗。

男女之間當然能有純友誼，兩個人越醜越純。啊～不是，我是說相處得越久，越了解彼此，越能在喜歡這件事上坦然以對。

女生要的安全感到底是什麼？

　　我是一個做作又難搞的女生，這件事是直到我談了兩段感情後才發現的。

　　怎麼說？我過去一直自我感覺良好地覺得自己跟公主病、任性、做作、虛偽之類的詞彙，應該是八竿子打不著的。在朋友眼裡，我一向是照顧別人的角色，很不喜歡欠人情，能自己來的，絕不麻煩任何人。

　　對於感情，相比身旁的其他姊妹，也是不那麼浪漫的，從沒幻想過要找到一個多好的男生能依賴。尤其對「妳這樣小心嫁不出去」、「有人敢娶嗎？」這種用語有種強烈反感，好像長大後的人生目標就是去當人家附庸似的，對我而言，務實靠自己才是真的，我的終身只想託付給我自己。可弔詭的是，每當進入感情一段時間，真正感覺自己愛上時，什麼底線、原則和條件就都丟一邊了。一開始止不住地胡思亂想，一點風吹草動都可以腦補成一齣劇，敏感得不得了。什麼奇怪的醋都能吃，我還為男友隨口一句「我姊姊最近好像變得比妳瘦了」生半天悶氣，怎樣，現在嫌我胖就是了？

　　因此在第二段感情終結後，我就有一種深深的感覺，像我這樣的女生，還是別談戀愛了吧。一談感情就個性大變，在他面前跟嬰兒似的，一察覺他對自己的愛好似淡了就想鬧。男生這種生物，起初都嘛信誓旦旦地說沒問題，各種哄，他絕對能接受。結果呢？用不著太久，半年就受不了了，接著越退越遠，就等著妳提分手立刻終結。我遇到的都是這種不擅長說分手，但擅長用冷暴力逼對方說分手型的，既然都知道劇情發展了，又何苦去害別人？自己過得好就好。

　　記得是大四那年，姊妹問我：「分手這麼久了，怎麼都不再談戀愛了？」

　　「不好騙了吧？」我思忖了一下，笑笑地答。

「男生的招式都太類似了，一模一樣的伎倆，可以在好多個不同人身上反覆看到。」

怕吧，真怕了。

深陷其中時，我的安全感是他每天得像打卡一樣準時的說早晚安；是我難過時得馬上找得到人，是每當我鬧的時候，他會立刻出聲哄我。

累啊！真夠累的。

回歸單身後，我的安全感變成是手機 80% 以上的電，是穩定的網路訊號，是存簿裡持續增加中的數字，是我拿到的日檢 N1 和多益金色證書；是我知道生活變好，憑藉自身努力，正一步步實現所有我想要實現的夢想。

這才是安全感好嗎？

我永遠忘不掉我靠自己把學貸還掉，並拿多出來的年終替家裡換了台電視時，父母臉上驕傲的神情。哪有什麼安全感比得上靠自己打拚來的經濟獨立來得真實？

「我知道妳一個人沒問題，但兩個人更輕鬆嘛！」

我正在公司熬夜處理專案，他明明手上事情做完了，卻主動跑來說要分擔。

「放心，互相的啦！下次找妳幫忙也不會客氣的。」

他堅稱他從不當工具人，跟誰都是對等的朋友關係，可他明明付出更多一些，寧願自己吃虧。

「那不然，晚餐給妳請好了？」

就算我堅持要還他錢，他都會用各種形式再偷還回來。我今天請他吃晚餐，他明天就幫我買好咖啡了，已想不起從何時開始就在這個過程之中一點一滴被

打動，產生了曖昧。

「妳生氣啦？」

前陣子公司尾牙，他要我到家時傳訊給他，我傳了，他卻直到深夜都沒回，後來才知道，他又折返回去載女同事回家。

「是我哀求他載我的，當時醉到很不舒服，思捷姊妳別怪他啦！」

其實我也知道生悶氣很沒道理，他又沒叫我等他，誰叫我活該，自己愛等的。

可就是因為講不出道理，特別想生悶氣，反正我不吵不鬧，就安靜地話少些總行吧？

「這樣說會不會有點壞，我其實有些開心妳生氣。」

「蛤？」

「生氣是在乎的象徵吧！」

他一臉討厭死的笑容。

「喔。」我故意大聲地說。

「不過，可以別生氣太久嗎？太久我會怕……」

「嗯。」

「對不起啦！」

「對不起什麼，你又沒錯？」

「有人規定，我得要錯了，才能跟妳說對不起嗎？」

「……」

「唉呦～好啦！別那張臉，我是認真道歉。」

「那我也認真問，你難道不會覺得，為這種小事也要生悶氣，很煩嗎？」

　　「我就是這麼煩的一個女生喔，還沒擁有就愛吃醋，擁有後更會患得患失，難搞得要死，我自己都受不了自己！」我轉過身，語氣嚴肅地說。

　　「不，妳不是！」他同樣語氣堅定地回道。

　　「問妳，如果今天換成妳爸爸這樣，妳也會生悶氣嗎？」

　　我略微疑惑地搖了搖頭。

　　「這就對啦，我這樣妳會生氣，可若是妳爸就不會，追根究柢，原因在於妳肯定妳爸夠在乎妳，不需要妳去擔憂這件事。」

　　「所有患得患失的根源都是不確定，妳無法掌握所以才會有這種情緒。」

　　「這不就代表是我沒有給妳安全感，沒辦法讓妳信任嗎？」

　　我聽得有點目瞪口呆。

　　「我聽過妳之前的故事，明白要讓妳相信沒這麼容易。」

　　「我只是想說……」

　　「我還在努力，能不能在我成功之前，先不要喜歡別人？」他說得很柔、很慢、很真。

　　驀地，心臟漏跳了一拍。

　　在一起後，他跟我說了一套他的理論。他認為人的安全感有分兩種。

　　「第一種確實是自己給自己的，是經過風吹雨打，逐漸洞悉人性，不再輕信別人。」

　　「尤其女生好像特別辛苦是嗎？連友情都常得學習這點，恐怖閨蜜一大堆。」

「可仍然有一種，是必須來自他人的。」

「妳知道姊妹能為妳守住秘密，是妳知道回家喊一聲爸媽時會有人應，是妳知道就算偶爾小鬧，我也不會因此生氣。」

「或許更是妳知道自己不會被誤會，若有委屈可以暢所欲言地為自己辯解，若想要安慰可以有個肩膀靠，妳不是一個人。」

「我明白妳是個獨立的女生，可我想要妳記得，妳不是獨自一人在孤軍奮戰，妳還有我。」

「妳還記得，妳曾說過一句話：『已經穿上盔甲的女生很難脫下，換上長裙』對嗎？」

「跟我在一起，妳不用換。」

「盔甲，我陪妳穿。」

那該怎麼看一個女生有無此類情況？雖然無法代表所有人，不過就經驗而言，這類女孩最常見，也是最容易被觀察出來的其一特質為：「外人面前文靜裝啞巴，熟人面前發神經的瘋子。」除非是極要好的人，否則無論再多內心小劇場都會傾向隱瞞。主要是常基於不想對方不開心而選擇隱忍，可又不真的能忍下來，還是偷偷期盼你能看穿我的嘴硬，能趕快來安慰我，若對方沒發現，還是會很難過。

舉個例：假若你問要不要去載她去車站，她心裡想法瞬間是雀躍。

「哇，你對我好好！」

可接下來會為你想，這樣你會不會太累？你這麼忙。

「沒關係啦，我怕你太累，我自己回去就好了！」

在如滿屏彈幕的顧慮，若跑馬燈閃現而過後，她最後說：

「喔，好啊，那就算了，自己回去小心，掰！」

平心而論，這句對男生沒毛病，啊～妳就要自己走呀，不然勒？可她卻又會不開心了，那你到底剛剛問是不是真心的？說得也太快了吧，好得也挽回一下，都不心疼我喔。結果，就是忍不住生起悶氣，從頭到尾對方都還搞不清楚狀況。

缺乏安全感的女生總是如此，若不在乎你，多精明幹練都可以；若在乎了，便立刻變得不像自己。

拚了命地往牛角尖死裡鑽，但因為也知道自己這樣有問題，所以為懂事而選擇不說，等到表現出來，往往都是忍到無法再忍的最後了。

所以最經常的就是透過隱晦的鬧，希冀能引起注意，去求更多愛。然而方法錯誤的下場，往往是讓男生覺得：哇靠，這也能鬧？若不瞭解這樣的女孩，極容易立刻不耐煩後退，這又更加劇她的不安全感，開始透過各種方式想要獲得安全感，想要確認你仍愛她，惡性循環下，再深的感情也會迅速灰飛煙滅。接著就是相同模式的不斷重演，最後成為這裡筆下的又一個故事。

說實在的，別談別人，就是她們自己，都常懊悔。那你說面對這種女孩怎麼辦？答案是不用道歉，不用低頭，不用找理由，展現「我好喜歡妳，妳可以不用這樣」便足矣。

說到底，所以沒安全感，就是因為把你看得太重要，與其說虛偽、做作，更精準形容是她在乎到無法好好控制自己，接著又任憑感情因失控而累積起一

點點失望，逐漸侵蝕殆盡。若你願意回應後，總是會懂，她們比其他任何人都更願意犧牲付出。只要認定了你便是你，天涯海角我隨你去，你予我松花釀酒，我還你春水煎茶，便從此走到永遠。

再回到女孩身上，有許多這樣的女生都會問：為什麼她已努力提升自己，也嘗試著給自己安全感，盡可能去活得精采了。可仍舊，直至現在仍是單身？

來，分析給妳聽。

1. 被動

有無聽過一詞彙叫「結構性失業」？很多好女孩單身原因也是很類似的。簡單說，人會傾向去挑選條件優於，或至少打平的對象。可問題就出在於，這個條件並非平均分布，而是 M 型發展的。這點對於女性而言尤其嚴重，因普遍而言，多數女性比男生在擇偶這件事上，更加謹慎，要當女生眼中想追的男生，遠比男生眼中想追的女生困難。

直白粗暴地講吧！在很多人抱怨遇不到對象的同時，潛台詞是他沒把自己看不上的異性當人看啊，懂？而妳以為跟妳同級的男生就會等妳嗎？No，不會的，好男生也是有人追的，且物以稀為貴，比好女生往往更搶手。反過來面對太好的女生，男生還會預設對方不可能，連追都不追。所以什麼女生主動沒好下場啊，這根本是害死人的話。主動是女生天生優勢啊，就因為主動的女生偏少，妳肯主動有手段地追妳要的男生，機會也會大幅提升，不主動根本沒機會。至於主動不被珍惜，我只能說主被動都會發生一樣的問題好嗎？妳什麼時候產

生了被動就會被珍惜的錯覺啊？

分享個故事，曾有位女孩跟姊妹聊到是否該主動追求喜歡的男生時。

「妳這種追法，是不可能幸福的，誰會珍惜輕易得手的東西？」姊妹說。

「可我不主動，根本沒機會啊！」

「妳得讓他也有主動，偶爾妳主動，偶爾他主動，這才能走下去。」

「那怎麼做？」

「不需要怎麼做，如果妳將自己提升得足夠好，煩都不用煩惱，如果妳還沒提升到這程度，煩惱也沒用。」

「男生是不能靠追的！」

姊妹的這段話，聽來甚有道理，男生是不能靠追的，這句我一直放在心底。於是乎，我就持續母胎魯了二十年……很後來，我才理解到，真正問題不出在女生主動與否這件事上。

我過去的主動方式，無非就是定時找他聊天，「嗨、早安晚安、在做什麼、在忙嗎、今天好嗎？」

至多也就僅止於明示暗示我喜歡他，直到我一位條件很好的男生朋友，他也給了我看他的聊天紀錄。哇賽，嘆為觀止，一整排的女生在做差不多的事，連理由用的都差不多。

「說實話，一開始當然開心，但後來就剩困擾了。」

那刻我忽然領悟到了個功課，女生主動與否並不影響自己的價值，會影響的，是打擾。當妳越害怕失去，妳就越自卑，越自卑，就越想要各種犧牲去換得對方的關注和喜歡，而一陷入這種模式，實際上就喪失所有主動權了。主動

才不會影響妳的價值，這種打擾及自卑才會。真正的主動，該是直接清楚介紹自己，輕鬆地在互動中展現自己好的那面，接著拋出些友善的提議，妳欣賞、佩服對方哪裡，有沒有機會能多聊聊等，就到此為止了。接著他願不願意來找妳，會不會也喜歡上妳，那從來都是他的事，強求不來。至多，就是放出一種「我喜歡你，但我不會喜歡到永遠，你自己看著辦」的訊息。若他多少對妳是有好感的，就會被迫認真思考，趕緊抓住，這就是限期的威力，對男生同樣有效。若毫無好感，那就這樣了，妳再多做什麼都僅是讓自己廉價，不必要。記住：一個東西限時限量時他都還不買，永遠也不會買。

能理解嗎？本來，我愛你這件事，就是需要被回應的，如若青春無法浪費到一個值得的人身上，那不如浪費給自己吧，去找個志同道合的姊妹虛度時光，都快樂多了。錯的永遠不會是主動，而是妳主動的方式。

2. 調整擇偶條件

剛剛上述舉例實際存在個謬誤，那就是人沒有辦法客觀地分數化，沒法定義何謂十分。易言之，如果妳的擇偶條件設定跟其他同齡女生不一樣。如能接受外表較不出色，可專情用心的男生，把善良、個性、好相處這些多元化考量，妳碰到的機率就越高。實際上，這也是多數女生都在做的，隨女性年齡及經驗漸增，外表重要性會迅速降低，甚至到後期太帥反而是沒安全感的來源，從聽對方說什麼，到越來越重視實際。只是妳知道這件事早晚、以及何時才決定要離開耳聽愛情的年紀而已。

　　此外，請不要再幻想躺在那裡，就會出現一個對的人了，那只存在於小說與偶像劇中，妳不可能找到一個各方面都完美契合的人，就算是價值觀上大致吻合，對於具體事情看法也肯定有落差。但好消息是，這意味著妳可以跟成千上萬的人都有機會成為對的人，因為如果說所謂「對的人」存在，那也是透過實際相處溝通，逐漸磨合出來的，一對情侶適合與否本來就是一個流動狀態，在有愛的前提下兩方都會依據周遭環境及對方而不斷改變。

　　因此，最重要的是請好好思考一下，對於妳而言，愛情中妳要的是什麼？妳希望能怎樣被對待？最重視的特質又是什麼？而不是再純粹憑由多巴胺產生的感覺。若妳願意越早調整，將考慮觀察範圍擴大，妳得手一個適合人的機率自然也會相對應的越多。

3. 妳是找老公疼，不是找兒子養

　　相比那些被你幫助過的人，那些曾幫助過你的人會更願意再幫你一次，這就是鼎鼎大名的富蘭克林效應。人類是會因為自己為對方付出過什麼，而更愛對方的生物，再說個男生的小秘密，多數男生其實很享受在自己被求助這件事情上，可以從中獲得成就感。故意問他個他根本超懂領域的問題、請他拿高處的東西，再以崇拜的眼神看他，或更厲害點就去做好功課，跟他也對談小聊上幾句。

　　首先，這招充分利用了男生會想在崇拜自己的女孩面前表現的虛榮，不管妳是誰，他都會想盡力表現好。再來，因為他對妳付出了，妳就有完美理由回饋，

漸漸形成彼此付出的正向循環。

　　接著，又釋出了一種我能懂你，我這種女生很稀有，你傻啊？還不快追的訊號，最後就是能互相的愛情啦。

　　不過還是要提醒，倒追任何人前提都是該斷就斷。倒追可以幫妳提升可能性，但也僅止於提升，沒有絕對這種事。不管多喜歡都請記得，妳也是有價值的，他必須同樣付出你們才能長久。

　　女孩，先遇見自己吧。

　　感情若被子，無論被子再厚，能溫暖身體的，仍是來自妳自己的體溫。感情終究得先由自己身上找，先去客觀認識自己的優缺點，喜歡自己的長與短，以及最重要的知道自己要的到底是什麼，而不是盲目地等，把一切賴給命運，怨著緣分遲來。妳若連自己都還沒遇到，又要怎麼去找到另個人呢？

　　若非要有個人靠，打給爸爸吧！相信我，會很有安全感的。

太多明明被甩都還愛對方的女生求助了，也統整一篇看法分享。

很久以後，我們才知道，當一個男生說：他還愛妳，但卻持續冷暴力時，不是真的愛妳，而是他把妳當備胎，非常非常備胎。

爛到底不可怕，任何爛到底的人都不會被喜歡，沒有威脅性，可怕的是時好時壞，一下給妳甜，一下又讓妳絕望，卻怎麼努力都看不到希望。不否認他可能真有些許好感，但這從來不妨礙他可以把好感當試吃品一樣大量發。說實話，對於多數男生而言，那種一見就非妳不可的情況是極其罕見的，而且隨年紀越大越少見，對於大多想追的女生，會在心裡粗分成三種。

A. 漂亮，個性好。

B. 漂亮，個性差。

C. 普通，個性好。

知道現實上，最多男生會追哪種嗎？

答案是 C。

真的，這是匿名大量調查過的結果。

A. 當然是最想要的，可這種除非極有自信，大多不敢追，會下意識認定對方一定有對象，而且反正可遇不可求。

B. 只要稍微有點經驗，試一次就怕了，只看外貌不看個性，對十幾歲小男生還很有吸引力，二十以後多數男生都會漸漸退避三舍。

C. 這種相處起來舒服，雖然沒有到強烈悸動，但也認為可以了，越後期越是市場主流。

外表對於男生來說重不重要？超級重要，承認不承認而已，可隨著相處時

間拉長，外表的重要性會直線下跌。知道妳對一個男生最美的時候，是何時嗎？
答案是：妳不愛他的時候。

因為不愛，他看不到妳有什麼不好，他不會知道妳房間被衣服轟炸成什麼
恐怖慘狀，胭脂未施素顏又是個什麼模樣；因為不愛，他看不到妳的患得患失，
妳的擔心害怕，妳如嬰兒般對感情的需要。距離是可以產生美感的，尤其那種
可得又好像不可得最有致命的吸引力，等妳愛上他後，一切全沒了。

直白說：沒感覺了啊。沒感覺就算了，他發現還得耗成本陪妳，又限制認
識其他女生的可能，累。無數雷同的故事，劇情千篇一律都是如此，最後跑來問：
怎麼聊一聊有天就不聊了？曖昧言語消失殆盡，甚至連見面都不想。

因為沒愛過啊。

妳只是他想追的對象，懂？妳仍停留在 ABC 選項的等級，妳之於他是有價
值的，他還是會想維護，就像假包賣 50 元也是滿吸引人的啊。可一旦他發現為
了維持下去，他得犧牲其餘更想要的選項機會時，一般會產生下述變化。

1. 忽冷忽熱：偶爾還是會給妳糖吃，但以不妨礙他其他可能為大原則，通
常是靠嘴，因為嘴成本最低。

2. 直接掰：有可能是他很有良心地覺得寧願讓妳走，也有可能他認為妳連
假包的價值都沒有。

什麼他之前對妳多好、說他也很難過、分手時哭了、偶爾還是會在乎妳，
這些跟愛妳毫無干係，扣除些微不可抗力的原因，八成妳只是想追的選項，從
頭到尾沒有一天愛過。為了任何他想追的女生，他都可以講出一模一樣的話，
對象改改而已，妳一點都不特別。所以別再拿那些不愛妳的男生做的事，扣到

所有男生頭上了，男生看外表，但也就是被吸引，意思是只要有其他更有吸引力的選項，妳就掰了。但愛是完全不同的層次，一個愛妳的男生仍會被女生吸引，會多瞄正妹幾眼，會繼續找 D 槽後宮做手部運動，但他不會變心。他認定他要跟妳長久，即使妳對他在外表上吸引力實際早不如過往，這靠的就是相處。外表與個性共同決定了吸引力，習慣決定穩定程度，而相處舒服與否，則決定了會不會一票否定以上所有。男生到七老八十都還有性慾，女生到四五十歲就普遍色衰了，如果沒吸引力就不愛，老夫老妻哪來這麼多？

那怎麼判斷呢？以下為這種男生想離開時，常見的 SOP：

階段一：開始各種冷暴力

突然之間變得很忙，忙到一天擠不出幾分鐘講句晚安，或敷衍幾句就結束。對於妳正發生什麼事漠不關心。若妳問起到底忙什麼，他大多只能掰出個空泛的藉口，工作啊、社團啦、考試呀，如果妳再追問下去，他很容易就惱羞了。「我都已經很忙了，不想回來還要跟妳解釋」、「妳能不能體貼一點？」、「不要無理取鬧了好不好？」讓妳覺得愧疚，他都這麼忙了，妳怎麼還能打擾他呢？最後乖乖地把委屈全部吞下肚。

階段二：尋覓備胎

他已經開始尋找下家了，可表面上仍會維持著關係，如果找到的是比妳差

的驢就留著，若發現有更喜歡的馬便掰掰。因此這階段最明顯的特徵就是忽冷忽熱。很多人會說女生第六感特強，可以從什麼刪對話、香水味、長頭髮之類的蛛絲馬跡看出來。但請容我說實話，這純粹是編劇幻想出的產物，絕大多數女生都並沒有什麼神奇的第六感。她們之所以發現，主要原因不過在於對方尋覓備胎已接近尾聲，持續了相當一段時間後鬆懈了，甚或對方故意要讓妳發現，以便順利終結。所以妳幸運地提前發現了，就請別再留任何轉圜的餘地。

階段三：找碴並進一步利用妳的愧疚感

他會讓任何事情都變成妳的錯。妳質疑他跟異性出去？我們只是朋友，妳怎麼可以不相信我？妳難過到哭了？能不能成熟一點，不要總是這麼幼稚；妳說他怎麼都變了？妳要這樣想我也沒辦法，甚至就連他做錯的事都能用似是而非的邏輯逆轉。

「對不起，我只是太害怕妳會離開我，想引起妳的注意嘛，我真的不知道該怎麼辦……」

「現在問題不在於我跟她，而是妳怎麼可以不經過我同意看我手機？妳都這樣不信任我了，還要談什麼？」

最常見的無非這兩大招，一是裝可憐博取同情，二是強勢地用兇的讓妳嚇到，來不及去思考。如果妳都吞下委屈，沒有對他的冷暴力作出反應，他還會加大力找碴，回過來拿小事興師問罪，跟妳吵，再進入以上模式。最高境界是分明是他去外面劈腿偷吃，卻還能說成都是妳不夠好、太會鬧，給他壓力太大，

這才讓他心灰意冷，淪落到去外面找尋慰藉。別覺得智障，這就跟邪教一樣，當妳深陷其中的時候，是不會有任何察覺的。

階段四：忍無可忍提分手，兩條路最常見

1. 只要妳一提分手，他立刻答應，然後再去外面裝可憐說都是妳不要他的，嗚嗚嗚～我被前任傷害得好慘。

2. 在某次吵架中藉機提分手，說這樣吵下去很累，我覺得我們走不下去了～巴拉巴拉，合理化藉口。

喔，順帶一提，有腦的無縫接軌通常也不會太快公布，一般會隔一到兩個月才公開，避免被說話。如果你們分手隔幾天就公布的那種，我只能說，他已經不在乎妳到了極致，表示妳對他的生活徹底沒影響力，他連掩飾都懶。

所以妳都被狠狠拋棄了，還在那邊拚命檢討是不是自己太黏、不夠漂亮，毫無意義可言。別誤會，妳肯定有缺點，誰談感情沒有？但更關鍵的地方在於對方沒有愛，若有愛，一定是和妳優先商討解決。妳檢討這任，下任又不同，何用？

若你看完以上全部，還是覺得難以分辨。沒關係，再教個最簡單的分辨方式──「請妳以自己為尺」，閉上眼，回想一下，在遇到他之前，在妳還是單身的時候，妳的日子是什麼樣的？再睜開眼，想一想妳現在的日子又是怎麼樣的？若結果是糟得多，而且已持續了很長的一段時間，妳老活在患得患失、自我質

疑，時而要走，時而又被拖回來的泥淖中，妳總會有答案的。談個讓自己變得更糟的戀愛幹嘛呢？

又，一個愛妳的男生，又捨得妳經歷這些嗎？

說來說去，要學會鑑別一個人對你是否真心，最有效的方法還是被真正愛過。妳如果被好好珍惜過，嘗過那種被捧在手掌心在乎，眼神裡都為妳閃耀著光芒的滋味，接下來一眼就能知道這個人是不是真心了。人都難免會跌倒，一生當中遇到幾個錯的人也沒什麼大不了，甚至越早越好，妳付出的學習成本會越低，怕的僅是妳不懂停損。

接受吧！這世上本來就有很多不用道理的失去。如摔碎的手機、看錯的題目、弄丟的鑰匙、失蹤的錢包、若陌生的友情、離世的親人、遺忘的曾經、失散的青春。妳唯一能做的就是安慰自己事情發生都發生了嘛，繼續把下面的路走好，盡早去遇到一個真正愛自己的人。

如此一來，就算基於各種原因，最後仍遺憾地未能走到故事的結局，這個人也能讓妳從此在往後的日子裡，學會不將就。

再來，很多女孩都會繼續追問，為什麼碰不到好男生？告訴妳，對大多的女生而言，答案都是：因為妳沒有去碰啊。我問過大量的女生，妳覺得好男生是什麼？得到的答案不外乎：乾淨、溫柔、體貼、善良云云。

跟妳講：妳等到死也等不到。

不是這種男生不存在，而是這些特質對於不同男生，都是不一樣的展示形態。對木訥男，他是默默為妳做事，記得妳所有的細節；對外向男，他是大方介紹妳給所有人認識，手機裡滿是妳跟他的搞怪照片。對一千個男生，就是

一千種答案，而這些答案無一種不是得透過相處，妳才能得到答案的。如果妳老是在等人追，妳等到的永遠是包裝後的結果，妳自以為是愛而已，又或者如果妳基於過去就怕了，封閉起自己，連個相處機會都不給，成千上萬的好男生在身旁妳也不會看到。

更重要的，請有點自己的生活好嗎？會失戀這麼慘，反映的不只是他渣，更是妳生活出了問題。如果妳滿是能交心的朋友、有愛妳的家人、有七彩璀璨的未來，妳才不會慘到哪裡去。

要哭，可以啊！看是要跟閨蜜去陽明山泡溫泉賞夜景哭，和朋友去巴黎香榭大道看漫天紛飛落葉哭，還是回家抱在爸爸的懷裡，吃著媽媽給妳煮熱騰騰地紅豆湯哭都行，永遠別讓自己窮到除了愛情一無所有，好嗎？

物以類聚，人以群分，一個精采豐富的好男生，為什麼要喜歡個連自己生活都沒有的女孩？人家霸氣總裁也想愛霸氣女總好嗎？先提升自己啊，妳有本錢就有自信，有自信就不會患得患失，接著就有信任，就容易長久。

最後送一句話：這世上，沒有人能不經過妳的同意，讓妳自卑、流淚、心碎。他渣，也是妳讓他渣。

承認吧！絕大多數時候妳之所以走不出來，才不是真的多深情、多專一，又有多念念不忘，而是現在的妳過得不好，生活空洞到沒有其他東西填補。

願你的深情，能被溫柔以待

　　前陣子，表姊結婚了，男方是事業有成的醫師，表姊則是地院法官，這對金童玉女的婚禮華麗無比，我們全家都盛裝出席，因婚宴離家甚遠，晚上就住在飯店。那是我們全家第一次出遊，爸爸的老家是做吃的，從曾爺爺那一代就在做，爸爸禁不起爺爺臨終前遺言的請託，回來接了家裡的店，但生意很差。爸爸把畢生積蓄全賠掉了，直到後來實在敵不過節節攀升的原物料價格，連損益平衡都做不到，只得把店收掉。

　　「對不起，孩兒無能！」

　　「爸，對不起，對不起，對不起……」

　　店收掉的那天，爸爸跪在店門口哭了。

　　媽媽是爸的青梅竹馬，這麼多年始終跟著他。雖然嘴上常常碎念，仍然任勞任怨地工作。從一個五專畢業的青澀小姑娘成為中年婦女，沒聽過她抱怨過一句。這麼多年來，她沒有出去玩，沒有過結婚紀念日，沒有為自己買過任何東西，連婚禮都沒有。

　　表姊婚宴結束那天因打算直接出國度蜜月，託我們把婚紗帶回去還。深夜，我躺在床上，看到媽媽輕撫著那件婚紗在掉淚。飯店夜燈靜靜照著她臉上的淚痕，聽不見一點哭聲。

　　就連哭，她都怕吵醒我們。

＊　＊　＊

　　我是專賣電腦的店員，一天有位女孩上門，說想要買禮物送男友，請我幫

忙挑電競筆電。

「要不要考慮微星，最近他們家的賣得還不錯！」

「大概要多少錢？」

「目前含稅是四萬多，妳要的話，我再想辦法給妳折扣。」

女孩應該還是學生，好像被這價錢有點嚇到了，抿著唇，掙扎了很久。

「能⋯⋯讓我考慮幾天嗎？」

「當然沒問題！」

女孩回來買了，她拿著薪資袋，加上錢包裡剛提的新鈔，東拼西湊才湊齊的。可數天後，女孩又拿著幾乎完好的筆電回來，問能不能退。

「是筆電出了什麼問題嗎？」

女孩搖搖頭：「我還沒有用過。」

「那請問是什麼問題呢？」

「他不要我了⋯⋯」

「對不起，我知道這理由很瞎！但是⋯⋯我不想把禮物送一個始亂終棄的爛人！」

「我自己也捨不得用這麼貴的。」

「我不求原價，只想問，能不能多少退一點就好。」

講到後來，女孩聲音已經哽咽。

「抱歉，可能真的沒辦法⋯⋯」

「嗯，我知道了。」

「謝謝你們，不好意思造成你們的困擾。」

女孩深深鞠了躬，拿著東西，就走出店外。

可是，我卻透著玻璃門，看到她坐在花圃的邊邊，抱著那台筆電哭了。眼淚順著她的臉頰往下掉，路邊的人群熙來攘往，沒有一個人停下腳步來。

親愛的讀者，故事還沒有說完呢！

＊　＊　＊

我不知道爸爸是不是也偷看到了。從來只講實際的爸爸，在我跟妹妹的見證下，重新跟媽媽求了一次婚，當爸爸突然跪在地上，拿出戒指，對媽求婚的那一刻，我跟妹妹都看傻了，從來沒看過他有任何浪漫的行為，更沒看過他捨得花這種錢啊。

雖然，他台詞講得有些落漆，實在是不怎麼優美。

雖然，媽媽不斷碎念鑽戒就是騙錢的呀，一點都不保值你也買，亂花錢。

雖然，婚禮很簡陋，只訂了一個小包廂，請了幾桌最要好的親友來。

雖然，一切都平凡得不得了。

但，在媽媽穿上白紗時，還是看到她忍不住哭了。

「不准跟妳爸講！」她都哽咽了，還在威脅我。

「妳講了，以後不做妳愛吃的喔！」

「好啦好啦！」

「媽……」

「幹嘛？」

「抱抱！」

她用力抱著我，在出去之前，偷哭了好久好久。

＊ ＊ ＊

「全額退費給她！」我去問店長該怎麼辦時，她這樣跟我說。

「她現在在外面嗎？我去跟她說。」

我們店長也是女生，女強人那種，平時很強勢，但就像媽媽一樣，公歸公私歸私，從不針對個人，把每個員工都當成家人看待。店長跟她說：這款我們賣很好，剛剛查一下發現還缺貨呢，妳願意拿回來真是救命了，反正也沒用過又有發票留著，我們全額回收。

她說：別難過了啦，下個肯定更好！

她說：這我名片，妹妹妳下次買電腦回來找我，姊姊還能附帶幫妳看男人喔！

那台筆電，店長自掏腰包買下了，雖然她從不玩遊戲。

你的過去很辛苦，對嗎？孤單、分手、親人去世、失業、考差了、在學校沒知己、爸媽不理解、老友漸漸失去，跨年獨自過、生日只有廣告商記得、尋尋覓覓卻依然找不到對的人、愛而不得……

　　相信我，過去的一整年，我聽了無數人的故事，從平凡無奇到千奇百怪，那些光怪陸離的事，感覺只有連續劇中才會發生過。大概，現實最殘忍的一點，是不用考慮真實性。

　　可，不也有很多美好嗎？

　　曾看過一部漫畫，劇情大致是這樣的：前一年牽著你，領到後一年的面前。

　　「交給你了！」舊的一年說道。

　　「這小孩怎樣？」後一年問。

　　「又懶又貪吃，年初許的願望，年底都還沒實現。」

　　「好吧！沒關係，接下來交給我處理。」

　　可，在新的一年準備領著你向前時，「欸……」

　　「嗯？」

　　「能不能，對他好一點？」

　　「他這一年受過很多傷，所以，對他再好一點點，好嗎？」

　　舊一年的臉上，滿是淚痕。

　　「我要走了……陪不到他了。」

　　其實，新的一年並沒有什麼特別，日出不會在元旦特別美，煙火也不會因此特別璀璨，可卻能提醒我們珍惜當下，去做些什麼改變，去約失聯的老友、去找喜歡的人、去陪家人，去做所有你想做的事。

願你有天跨的不再只是年，是焦慮、是恐懼，更是自己。

你的未來，永遠來得及美好。
深願你的深情，能被溫柔以待。

結語
願你在這些故事中，能看到自己

「我要一杯大杯的抹茶拿鐵加珍珠！」

五十嵐店門口，留著恰巧及肩俏皮短髮，一身好似不怕冷死，月白色小洋裝的位女孩，衝到櫃檯前，大聲對店員喊道。

然而還沒等店員回過神來要跟她確認。

「不行啦！」

一個明顯高出女孩許多，頭戴著安全帽，臉上一副黑框眼鏡，外表清清秀秀的男生，趕緊從後拉住女孩。

「為什麼不行～～！？」女孩嘟起嘴，還特別把「行」拉長又拉高了幾度。

「請問是哪隻小豬說自己最近太胖，絕對不能再亂吃亂喝了，還規定我一定要禁止她的阿。」男孩邊笑，邊用手指輕戳著女孩嘟起的臉頰。

「可是……可是……」女孩顯然還不想放棄。

「可是……可是？？」男孩也跟著重複了一次。

「抹茶拿鐵很好喝，珍珠會有飽足感，還有漸層很美麗，而且可以拍照上傳欸。」女孩霹靂啪啦說了一大串理由。

「不～行～！」男生板出一張嚴肅臉，堅決否定。

「喔……好嘛，不行就不行，你是小氣鬼啦！！」女孩委屈的說。

「好啦，妳乖。」男生一臉寵溺的摸摸女孩的頭。

「妳先去買飯，等我買好我要喝的，待會騎車去找妳，好嗎？」男生輕聲對女孩說道。

「好喔！！」女孩彷若剛剛什麼都沒發生，瞬間打起精神，又蹦蹦跳跳的先走了。

「我要一杯四季春。」

推了推眼鏡，等女孩走遠後，男生對店員極有禮貌說道。

「還有那個……，對不起。」貌似有點丟臉，不好意思的稍微頓了一頓。

「我還想要一杯大杯的抹茶拿鐵加珍珠，可以幫我另外裝嗎？」

有人問，為什麼要寫作？寫這些有何意義？我的答案就在上頭。這段文字沒有任何大道理、沒有生離死別，就是生活裏最尋常的一個片段，若非特別留意，即使是就在現場的旁觀者，甚至當事人自己，可能都不會記得。

然而，這麼簡單的片段，卻也蘊含了能讓人會心一笑，興許微微感動的力量。那請試想，在這座有上千萬人的島、在這廣袤星球中的無數個角落，又能藏了多少值得被看見，甚或能真正改變些什麼的故事呢？

在上本《筆尖上的擺渡人》中我就有提過，我僅是擺渡人，擺渡人不需要厲害，需要更多的是傾聽，是先進入對方的故事，用他的視角去看事情，去再一次經歷，那也才是真實世界的模樣。

即使又過了一年，我最後想說的仍同。我沒辦法呈現真理，也不可能讓你認同文中每一篇故事、每一則建議。我自己很喜歡鈴木光司曾說過的一句話，他說：「若說『花美』肯定也會有人反駁：『沒有啊，也有不美的花』。然而，若因害怕被反駁而改寫『這世上既有美的花，也有不美的花』，就成寫廢話了。」

人是有侷限的，我們都沒辦法以全知視角來活著，可我們有理解、有記憶的能力，這也是人類有別於動物的地方，我們能藉由別人的故事來成長。

　　所以，也許別的作者都是在書末祝福你快樂，我偏不。

　　我願你遭遇低谷，可卻有個會主動問你餓不餓？走，我們去找好吃的知己陪伴。

　　我願你感情挫折，可卻因此學會柔而不弱，強而不悍，在生命最黯淡無光的時刻，自己就能成為自己的太陽。

　　我願你歷盡千帆，親眼見過世間冷暖，瞧過星辰大海，卻仍保有赤子之心，找到屬於你的小橋流水，只屬於你的幸福角落。

　　我願你在這些故事中，能看到自己。

　　若有天累了，就再次翻翻這本放在架上的書吧！

　　我這裡記得你。

國家圖書館出版品預行編目資料

願你的深情，能被溫柔以待 / 樂擎著
-- 初版 .-- 臺北市：平裝本，2018.8
面；公分 . --（平裝本叢書；第 0472 種）
（ICON 50）
ISBN 978-986-96236-6-7（平裝）

855   107012026

平裝本叢書第 0472 種

ICON 50

願你的深情,能被溫柔以待

作　　者—樂擎
發 行 人—平雲
出版發行—平裝本出版有限公司
　　　　　台北市敦化北路 120 巷 50 號
　　　　　電話◎ 02-2716-8888
　　　　　郵撥帳號◎ 18999606 號
　　　　　皇冠出版社（香港）有限公司
　　　　　香港上環文咸東街 50 號寶恒商業中心
　　　　　23 樓 2301-3 室
　　　　　電話◎ 2529-1778　傳真◎ 2527-0904
總 編 輯—龔橞甄
責任編輯—平　靜
美術設計—黃思維
著作完成日期— 2018 年
初版一刷日期— 2018 年 08 月
初版十刷日期— 2019 年 08 月
法律顧問—王惠光律師
有著作權 · 翻印必究
如有破損或裝訂錯誤，請寄回本社更換
讀者服務傳真專線◎ 02-27150507
電腦編號◎ 417050
ISBN ◎ 978-986-96236-6-7
Printed in Taiwan
本書定價◎新台幣 360 元 / 港幣 120 元

● 皇冠讀樂網：www.crown.com.tw
● 皇冠Facebook：www.facebook.com/crownbook
● 皇冠Instagram：www.instagram.com/crownbook1954
● 小王子的編輯夢：crownbook.pixnet.net/blog